天使

Shusaku EnDo

遠藤周作

P+D BOOKS
小学館

目次

駄犬

今日は犬の話をしましょう。

わが家には二匹の犬がいる。一匹はシロというて、雑種のメスである。十二年前に近所の牛乳屋に生れた何匹かの一つを私がもらってきた。犬の十二年は人間の七十歳にあたると聞いたが、そんな七十歳の婆さまとは思えんほど歯も丈夫、眼もたしか、魚の尾でも沢庵(たくあん)でもラッキョでも与えるものは何でも食べる。そして一日中、わが家の藤棚(ふじだな)の下で前脚に顔をのせて眠っておられる。

自慢するわけではないが、この犬、NHKのテレビにも出た。しかもあなた、チャンネル・ワンのNHKです。

「犬は果して見知らぬ地点から家に戻れるか」という実験をNHKが企画した時、どうした理由か(今もって私にもその理由が解せんが)この犬に主役の白羽がたった。あれを見られた方は日本全国に多いだろうが、アラン・ドロンと猟犬、ピーター・フォンダとコリー犬が出演する場面にまじって彼女も堂々と登場したのだ。嘘ではない。NHKの人たちも膝を叩いて彼女の名演技には感心していた。

もう一匹の犬はクウというて、オスだ。これはまだ年が若い。日本犬だと言って友人が置いていったものだが、何という日本犬か私にはわからん。茶色くて、耳が立っていて、口の下に黒い斑点があるために、チョボ髭をはやした下品なオッさんのように見える。

なぜクウ、という名をつけたかって? よく食うからクウと名づけたまでである。シロのほうだってしろいからシロ。簡単明瞭、単純無比。さっぱりしたものである。もっともシロは十二年の間にうすぎたない古綿のような色に変ったが、今更、フルワタとも呼べはしない。

クウはチョボ髭はやした下品なオッさんのような顔をしていると書いたが、性格も上品とはいえない。雑種のシロが誰彼の見さかいなくやたらに尾っぽをふるのにたいし、こっちは日本犬の特徴かいつもムッとして、主人の私にも愛嬌をふりまいたこともない。魚の骨をくれてやっても嬉しそうな顔もせぬ。日本人の男性と同様に喜怒哀楽の表情に乏しいのだ。そのくせ感情が欠如しているのかと言えば、そうでもないらしく、散歩につれて出ると、通りすがりの娘さんのスカートのなかに突然、顔をつっこんだりする。顔も下品だが性格も下品で、日本男性的ムッツリ助平と言うのかもしれぬ。

三日前、このクウをつれて散歩をしていた。都内とちごうてわが家の周りはまだ林や空地が多いが、それでも犬をつれて歩く時は、スコップとビニール袋を手にして歩かねばならん。犬が糞をすれば、そのスコップでその糞をすくい、ビニール袋に入れて始末せよというのが警察のお達しだからである。

正直いって私はクウを連れて歩くのは好きではない。シロとちごうて、こ奴は糞をするのに素直でないからである。まず林のなかをあちこちと嗅ぎまわり、便を催す地点を探すまでウロウロとして、ようやく尻をかがめたかと思うと、たちまち気持を変えて歩きだす。そのたび毎に私は彼に鎖で引っ張られたまま林を右往左往し、茨に足をひっかけ、樹の枝に顔をぶつけるからである。ようやく尻をおちつけたと思うと、彼は力むのである。力みながら白眼をむいて私を見る。その表情とその恰好を見ると、私はいつもなぜか生きるのがイヤになるような気がするのだ。

　秋くれて糞する犬の顔かなし

と私はある年、そんな句を作ったが、本当は「秋くれて糞する犬の顔ひどし」と言いたかったくらいである。その上、腐った芋のような糞をスコップですくい、ビニール袋に入れるのも不快で、告白すると人が見ていない時はそのまま遁走したことも数度ある。

その日もクウは林のなかをウロウロとしていたが場所がどうしても気に入らなかったらしく、私を鎖で引っ張ったまま、林の外の路を歩きだした。それから何を思いけん、林から百米ほど離れた、まだ建ったばかりの洋菓子のような小さな家の門前で、突如として尻をかがめたのである。

叱る間もなかった。彼は白眼をむき、小芋のようなものを二つ、三つそこに散らした。狼狽した私は鎖を引いたが、奴は脚をふんばったまま、動かない。

その時、家の玄関があいた。眼鏡をかけたインテリ風の男が出てきた。やせて頬骨の出た彼は、まず私を疑わしげに見つめ、クウを眺め、それから門前にころがっている二つ、三つの黄褐色のものに眼をやった。

「あっ。なんだ。こりゃ、一体」

みるみるうちに怒りの表情に変り、

「あなた、……意識的に犬にここで排便させたのですか」

「とんでもない、意識的だ、なんて。こいつが止める間もなく、やったんです」

しどろもどろの答えに相手は、

「林があるじゃありませんか。あそこでなぜ、させない」

「それが……あそこじゃ……しなかったんです」

「だから、ここで、させたと言うのですか。あなたには市民意識とモラル心があるのですか」

そうたたみかけてきた。こちらは額に汗をかいて、ただあやまるより仕方がなかった。相手の舌の回転はなめらかで、私にはとても太刀打ちできない。

「掃除してください。あたりまえでしょ」

「掃除しますよ、すりゃ良いんでしょう」

売り言葉に買い言葉で私も思わずムッとして、荒々しくスコップで柔らかいクウの糞をすくいビニール袋に入れた。その間、彼は監視するようにじっと私の動作を見つづけていた。作業を終った時、彼は、

「こんな人がいるから日本の民主主義は育たないのだ」

と吐き棄てるように言い、ドアをバタンとしめて姿を消した。馬鹿野郎、なにが民主主義だ、

と言う言葉が思わず口から出かかったが、既に彼は家に入った後である。

クウにあたり散らしながら帰宅したが腹の虫はおさまらぬ。なるほど門前で犬に糞をさせたのはこちらの落度(おちど)である。とはいえ、あのように市民意識がないとか、モラル心が欠如しているとまで痛罵(つうば)されては頭にくるのは当然だ。

「おい」

玄関に入るなり私は家人に大声をあげた。

「林のそばに新しい家が出来たろう。あそこには一体、どやつが住んでいるのだ」

「林のそば?」家人は私の見幕に不審そうに「丸田利口という表札が出ていましたわ」

丸田利口。どこかで聞いた名だなと私は思った。そういえば、この一年ぐらい急に綜合雑誌(そうごう)などにこの名で書かれたムツかしげな評論があったようだ。

まさか、その男が私のすぐそばに家を建てたとは考えられない。私だって物書きだし、むこうもこちらの名ぐらい知っているだろう。それなら引越して来たなら来たで、菓子折の一つも持って挨拶に来てもよい筈である。

その日、二時間かかって最近の綜合雑誌をあれこれとひっくりかえしてみた。「現代知性」という雑誌にその丸田利口の写真が載っていた。横文字の本を並べた書棚を背にしてひどく深刻な顔をして写っているのは、まぎれもなく私を侮辱したあの男だった。

(畜生)

私は大体、横文字の本を背にして写真をうつすような気障な男は嫌いである。名前にまで利口とつけるような男はなお不愉快である。そのエッセイに眼を通してみると、やたらに片仮名の外国語の単語を並べ、むやみに的という字を使っている。民主的発展的な思想とは一体なんだ。犬が門前に糞をすれば、その飼主は非民主的で非発展的な人間なのか。

夕方、癪のあまり焼酎の水割りをガブ飲みしていると同じ市に住む編集者のM君が来た。

「また焼酎ですか。ケチですね」

若いくせにM君は時々、鼻のつまったような声を出して嫌味を言う。

「何を言うか。焼酎ほどあとが残らん酒はない。健康にもいい。だから飲んでいるんだ」

「本当は安いからじゃ、ありませんか」

「うるさい。それより丸田利口とは何者だ」突然、酔いを発して私は怒鳴った。「最近、近くに引越して来たのに挨拶にも来ん。生意気な奴だ」

「へえ。近くに丸田先生、来られたのですか。知らなかったな」

「あんな奴を先生よばわりすることはない。やめろ。卑屈だぞ」

「しかし馬鹿でもチョンでも執筆者は先生と呼べと、先輩の伊東さんから言われていますから」

そう言って彼は横をむいてチョロッと舌を出した。

「しかし丸田先生はなかなか前向きのエッセイを書くので学生に人気がありますよ。ヨーロッパ文化にも詳しいですし」

そのくせ、わが焼酎を飲んで帰っていった。

「こちらの場合は学生は学生でも中学生でしょう。ヤキモチをやいておられるのと違いますか」

とに角、私は不愉快だった。M君はその私の心を刺すような言葉を次々に口に出し、そのくせ、わが焼酎を飲んで帰っていった。

丸田利口が来てから二、三か月もしないうちに――私のヒガミ心からかも知れないが――やたらに彼の名が目につくようになった。それは私の住む市の青年会主催の講演会や、婦人読書サークルに丸田が人気のあることを示していた。

新聞と共に郵便受けに投げこまれるチラシにも時々、丸田利口の名が印刷されていることがあった。「丸田先生と教育問題を考える集り」とか「婦人の地位向上の集会。講師、丸田利口先生」という広告をそのチラシで読むたび、私は理由もなくチッ、チッと舌をならし、何だ、この馬鹿野郎とひがみっぽく怒鳴るのだった。

六月の中旬、そんなチラシと共に警察署からのこんな紙も入っていた。

「近頃、痴漢が出るようになりました。夜、女性の一人歩きは出来るだけ慎みましょう」

そういえばわが家の近所でも変な男に尾行されたというお嬢さんがいたり、庭にほした女性の下着が盗まれたという話を時々、耳にした。

「いやあねえ」

ある日、家人が、

「痴漢も不愉快だけど、この頃、林のなかでアベックが夜遅くまでいちゃついているでしょう。あのほうも風紀が悪いわ」

と話をした。

林で夜、アベックがいちゃついているという話は初耳だった。引越した頃はまだこのあたりは文字通り空気も清浄、みどりに恵まれた地帯で、アベックどころか山鳩かフクロウらしいものがあの林のなかで心細げにホウ、ホウ鳴いていただけだったのである。

(けしからん、実にけしからん)

なにがけしからんのか私にもよく理由がわからないが、夜の林で若い男女がうごめいたり、いちゃつくのを見るのはたしかに観察に価する。小説家というものは何でも観察すべしと永井荷風先生もそのエッセイに書かれているからである。

M君に私の意志を開陳すると、ニタリと笑った彼は早速、このあたりの風紀を刷新する会でも作りましょうかと提案した。

「丸田利口先生にも参会を促してみますか」

「馬鹿。あんな奴に入会されてたまるか」

その夜、M君と焼酎を飲み、勇気をつけてからクウをつれ、林を偵察に出かけた。

月光あかるく、林の木々の梢(こずえ)さえはっきり見える夜である。道に車が一台とまり、その林の斜面に、なるほど一組の男女が寝そべって何やらボソボソと話をしている姿が私たちの眼にうった。時刻は既に零時ちかいのにこのような場所で若い男と女とがいちゃつく姿は私の若い頃には夢にも思わなかったことである。

「M君、咳ばらいをしたまえ」

私が促すとM君は、

「エヘン、エヘン」

「もっと大きく」

「エヘン、エッヘン」

我々の穏便な警告にかかわらず、当の男女は知らん顔をして話を続けている。M君も口惜しそうな眼をして、

「ズウズウしい奴等だ。自由と放縦とをはき違えてやがる」

「それがわかるなら、丸田利口などを尊敬するな。近頃、若者に迎合する丸田的評論家がバッコするのは怪しからんぞ」

M君は林の隅にまわり、昔、一時はやった流行歌を聞こえよがしに歌いはじめた。

もしもし　ベンチでささやくお二人さん
早くお帰り　夜が更ける
野暮な説教　するんじゃないが
ここらは　近頃物騒だ

応答なく反応もまた、なし。彼等は自分たちのことだけに夢中で我々の存在も眼に入らぬようである。

意を決してクウの鎖を離すことにした。放されたクウはおそらく二人に吠えたてるか、あるいはその周りをグルグルとかけずりまわるであろう。あるいは――それこそ私の狙うところであるが彼等を立木と間ちがえて小便でもひっかけてくれるかもしれぬ。

（おいクウ。クウて糞するだけで）

と私は犬の頭をなで、言いきかせた。

（この世に生れてきたのではなかろうが。お前が世のため役にたつ時が今こそ来たと思え）

鎖を解いてやるとクウは脱兎のごとく林のなかに突進した。男と女との影がその気配にびっくりして、立ちあがった。ざま、見ろと思う暇もなく、クウは彼等のすぐそばを素早く通りぬけ、闇のなかに姿を消した。

「クウ、クウ」

私は仰天して叫んだ。

「戻ってこんか。クウ。戻ってこい」

一人でさわいでいるとM君が林の隅から這いあがってきて、

「どうしたんです、一体」

「犬が逃げた。どうしよう。女房に叱られる」

「どうしようも、こうしようも何故、鎖を離したんです」

「それが……君」

今更、事情を説明するわけにもいかなかった。私たちは手わけして林のなかに入ったが、自由を獲たクウは何処に消えたのか、姿も形もみえない。

「うるさい大人たちだな」

さっきの男女のうち男のほうが聞こえよがしに、

「真夜中、いい年をしてこんなところに来て騒ぎまわっている。どういう気なんだろ」

そんな棄て台詞(すてぜりふ)をのこし、道においた車に女を乗せ、何処かに去ってしまった。いい年をして、と言った彼の言葉が口惜しく、情けなく私の頭にひっかかった。

その夜、家人にひどく叱られた。翌朝になってもクウは戻ってこない。戻ってこないかわりに、近所のSさんの家から電話がかかった。

「困りますねえ、茶色い、チョボ髭をはやした犬はお宅のでしょう」

「え?　うちの犬がお宅にいましたか」

「お宅にいましたか、じゃありませんわ。うちのメリーちゃんに変なことしかけて、今困っているんですよ」

「メリーちゃん?　なんですか、それは」

「メリーちゃんはね、高いコッカー・スパニエルのメスです。そのメリーちゃんに、あんな下(げ)

卑た顔をしたお宅の犬が変なことするなんて。子供でも作られたら、どうするんです」

「すみません。すみません」

サンダルをひっかけてSさんの家に飛んでいくと、クウの奴が下品そのものの顔をしてうろうろとしていたが、私の顔を見るなり脱兎のごとく遁走してしまった。日本犬の悪いくせで一度、逃げるとなかなか摑まらない。

その日、あちこちから苦情の電話がかかってきた。クウは駅前の商店街のほうに姿をあらわし、八百屋の店先で猫を追いかけ（そのため猫はトマトの皿をひっくり返した）、また若い女性のスカートのなかに首をつっこんだ（あの犬にはそのような癖があるのだ）のである。

夜おそくなって疲れ果てた顔をして奴は戻ってきた。その表情は悪所で一晩をあかし消耗しきって下宿に帰ってくる男によく似ている。彼は私に首根っ子をつかまえられ、その頰を平手で叩かれると、

「キャウン」

と叫んで温和しく鎖につながれた。

翌朝、庭で家人のただならぬ声に、ちょうど洗面をしていた私が、

「何だ」

と怒鳴ると、彼女は口に指をあて、

「シッ」

と声を出し、手まねきをした。

私にはこういう時、出鱈目な英語を使う悪い癖がある。この時も家人の手まねきに、

「ホワット・イズ・マター」

などと答えながら庭下駄を突っかけてそばに近づくと、

「これ」

と眉をひそめて彼女は庭の隅を指さした。

花模様のついたパンティが少し泥にまみれて、二枚、そこに落ちていた。

「一体」

と私はびっくりして、

「どうしたんだ、うちの誰かのものか」

「ちがいます。よその家のです」

「俺じゃないぞ」私は反射的に叫んだ。「変な眼をして見るな」

「別に変な眼をしていません。痴漢の悪戯かしら」

私がそのパンティにさわろうとすると家人は、よしてください、と叱った。

「痴漢なら、わざわざ盗ったものを人の庭に捨てていかないだろう」

「じゃあ、誰です」

「誰です、と言われたって俺は知らんね」

そう言いながら私の視線はなにげなく、我々の立っている位置とは反対側にある犬小屋のほうに注がれた。シロはいつものように藤棚の影の下で前脚に顎をのせて眠っていたが、クウの奴はチョボ髭をはやした下品な顔をこちらに向け、我々の一挙一動をキョトンと眺めていた。そのキョトンとした眼つきを見ただけで、私は瞬間的に、あっ、と思い当ることがあった。

「こいつだ。こいつだよ」

「クウが。まさか」

「いや。こいつにちがいない。あの助平ったらしい顔をみろ」

クウは前から鎖を離されて遁走すると、よく、よその家からボロ靴の片一方やオモチャなどをくわえて、それを犬小屋のそばにかくす習性があった。時には鼻さきを泥だらけにしてそれを地面に埋めるという妙な癖をもっていた。

(すると、こいつは、この二枚のほかに何枚かをくわえてきて、地面にかくしているのかもしれん)

突然、胸にいやな不安が急行列車のようにフル・スピードで通過した。このところ、近所で女の下着を盗む痴漢が出没しているという噂があるが、ひょっとすると、あれもクウの奴の仕業かもしれん。待てよ、この犬が逃げ出したのは昨日一日だけだったし、それまでは鎖でつないでおいたのだから、その筈はありえないと言う矛盾した思いが私の頭を交錯した。

「困ったわ。この下着。うちで捨てるわけにもいかないし、と言って、一軒一軒、これはお宅のですか、と訊ねまわれないでしょう」

「お前、はいたら、どうだ」

「なんですか。失礼な」

家人の言うことはもっともだった。いくら物価高とはいえ、犬が盗んできた他人の下着を使用することは当人の自尊心が許さないであろう。

「どうします」

「紙に包んでおけ。俺には考えがある」

私はその時、ドストエフスキーの「罪と罰」の一場面をふと思いだしたのである。

ドストエフスキーはその天才的な心理洞察から、「犯罪者は必ずや自らが犯罪を犯した場所に戻る」ということを言っているのだ。もちろん、それは人間の犯罪者について言っている言葉ではあるが、犬の場合でもひょっとして同じことが行われるのかもしれぬ。私はそう考えたのである。

夕方、私はクウの散歩に出かけた。鎖をしっかりと握り、しかし私が引っぱると言うのではなくて、彼の好きな方向に歩かせた。それから林のなかでゆっくり時間をかけて排便させたのち、例のパンティを包んだ新聞紙を彼の鼻に押しあてた。自らの犯した犯罪を——奴にとっては犯罪ではないかもしれないが——思いださせるためである。

クウはしばらくキョトンとした顔をしていたが、突然、何かを心に甦らせたごとく林を駆けのぼり、私の握った鎖を強く引っぱりながら歩きはじめた。ドストエフスキーはやはり偉大であり、たしかに犯罪者はおのが犯行現場にふたたび戻るのである。

驚いたことにクウが今、向いつつあるのは私の大嫌いな評論家の丸田利口の家の方向であった。

（いかん。これは、いかん）

と私は思わず鎖を握りしめたが、自信にみちたクウの力は意外に強く、非力な私はそのままズルズルと丸田利口の家のそばまで引きずられていきそうだった。

あらためて見ると、丸田利口の新築の家はいかにも評論家の住む家だった。白い山小屋風にこしらえた外側には二階にベランダが突き出ていて窓はフレンチ窓というのか鎧戸でしめるようになっていた。ささやかな庭には芝生がうえられ、鉄柵でこしらえた塀があった。要するにこういう家こそ、やたらに外国語をおりこみ、何々的という的という文字をこけおどしに使う文章を書く軽薄な男が住む、軽薄な家だった。私はクウの鎖を手にしたまま、その家を見て彼の「前むきの文章」、つまり、

「我々はこのエスカレートする日本的退廃に未来的視野を持ちつつ闘わねばならぬ」

と言ったような歯のうく文章を思い出して、馬鹿野郎と口のなかで呟いた。

クウは鉄柵のあたりをしきりに嗅ぎ、しかして片脚をあげて放尿した。犬というものは一体、幾つ膀胱を持っているのか知らぬが実によく放尿をするものである。

私は鉄柵ごしに芝生の庭とそこにかかっている物干竿を見た。物干竿には丸田利口のらしい

パジャマや家族のタオルがぶらさがっていたが、その間にあきらかに庭でみつけたと同じ女性用のパンティも二つ、三つかけられている。丸田の細君のものか、それともお手伝いさんのものか、わからない。

しかしそのパンティを眼にした時、私はクウの犯罪はまさしくこの庭で行われたものだという確信をすぐに得た。おそらくパンティはなにかの拍子に地面に舞い落ち、それをクウは悦び勇んでくわえ、一目散にわが家に走り帰ったにちがいない。

周囲を見まわし、あたりに人影なきを確かめ、私はそっとズボンのポケットから先ほどの新聞紙で包んだものを取りだした。

(セザルの物はセザルに還り、神の物は神に還るか)

聖書のあの一句を口のなかで呟きつつ、私は新聞紙から花模様の、掌に入るほどのものをとり出すと、それを鉄柵ごしに庭に放りこもうとした。

しかし悲しいかな、パンティはあまりに軽すぎて鉄柵にひっかかっただけである。それをふたたび手にして私はなかに石を入れ、ポンとなげた。

「なにをやっているんです」

突然、女の声が家のなかから響いた。それと共に二階のフレンチ窓があいて丸田利口が文字通り狐のように細い、小利口な顔を出した。

「なにを庭に放ったんです」

女の声はまた鋭く、逃げようとする私をつかまえた。丸田利口も叫んだ。

「君、待ちたまえ。何をしているんです」

「何もしていない」

「庭に何かを投げつけたじゃないか。何です。それは」

「火焔瓶じゃない」と私は開きなおった。「安心してくれ」

「火焔瓶？　そんなものをぼくは投げつけられる筈がない。ぼくは左翼学生の味方だからな」

「あなた」

と細君のかん高い声がまたひびいた。

「この人は下着を放りこんだのよ、女の下着を」

「なんだって」

「昨日、盗られたでしょう、ヨッちゃんの下着が。あれをこの人が今、放りこんだのよ」

「君……君か。痴漢は」

「失敬な。何を言う。俺じゃない。この犬がやったんだ」

「なに。その犬が？　すると君の犬は痴犬か」

「痴犬？　日本語を大事にしろ。痴犬なんていう言葉は字引にはないぞ。だから評論家は駄目なのだ。うちの犬がたまたま、そういう失態をしたから、返しに来たまでだ」

窓から彼の顔が消えた。彼は大急ぎで私をつかまえに玄関に駆けおりてきたらしかった。クウといえばあの下品なチョボ髭の顔で私をふしぎそうにじっと見ている、どこまで馬鹿な犬かわからない。私は大急ぎで彼を引っ張って駆けだしていた。

この日から小説家の私と評論家の丸田利口との間に愚劣な反目と喧嘩がはじまるのであるが、それはまた改めて話すことにしよう。

犬と小説家

犬にも性病のあることを小説家は五十歳になって、はじめて知った。

彼は一匹の犬を飼っていた。犬といっても雑種のまったく役にたたぬ雄で、近所にいる牛乳屋の店員が拾ってきて彼の家においていったものだった。

この犬は喜怒哀楽のまったくないような、薄馬鹿な顔をしていた。小さい時から、お手とか、お坐りという（どんな犬でも憶えられる）やさしい芸を教えてみたが、いくら幾度くりかえしても、じいっと小説家を表情のない顔で見ているだけだった。

「犬にも利口なのと、馬鹿がいますか」

たまりかねて小説家がある日狂犬病予防の注射をうってくれた獣医にたずねてみると、

「いますよ、馬鹿は何をさせても駄目ですなあ」

と言われた。狂犬病注射の注射針をさしこまれても、この犬はキャンともワンとも言わず無表情のままだった。

小説家はこの犬をいつかドンとよぶようになった。はじめはボンという名をつけていたのだが、鈍感そのもののようなその顔をみていると、鈍、鈍と言うようになり、ドンがいつか、呼び名となった。ドンと言われてもこの犬はキョトンとして小説家を見あげるだけだった。

お手もおぼえず、お坐りもできず、馬鹿そのもののようなこの犬は、しかし一点だけひどく狡(ずる)いところがあった。散歩の途中、うっかり綱を放すと、脱兎のごとく横っとびに身をかわし、たちまちにして姿をくらませ、二日も三日も戻ってこないのである。

戻ってこなくとも一向かまわないのだが、彼が逃亡中、必ず、電話が次々と小説家の家にかかってくるのであった。

「お宅の犬が綱をつけたまま、うちの花壇を目茶目茶にしたんですよ。困りますよ、ほんとに」

「あなたの家の犬でしょう。私の家の門の前に幾つも脱糞して、すっかり、よごしたんです。すぐ掃除してください」

そのような電話で苦情を受けるたびに小説家と妻とは受話器の前でペコペコと頭をさげねばならなかった。

だが小説家にとって一番に癪にさわる電話は、やはり近所にいる評論家の細野某からの苦情であった。

細野と小説家とは近くに住みながら、たがいに口もきかなかった。進歩的評論家の細野は小説家のことを反動的分子の一人と考えて悪口を書いたことがあったし、小説家のほうではこの相手はカッコのいいことばかり口にして若いインテリの受けを狙う偽善者だと思っていた。そんなわけで時折、文壇のパーティで出あっても、たがいに眼をそらせ、知らん顔をして、心のなかで、この馬鹿がと罵(ののし)っているのであった。

「ぼくはこういうことは言いたくありませんがねえ」

と細野はドンが逃亡している間、電話をかけてきたことがある。

「犬を飼うなら飼うで、人間に迷惑をかけないよう飼主が注意を払うのが市民の義務じゃないでしょうか」

「うちの犬が迷惑かけましたか」

「迷惑をかけた？　あの犬は泥棒犬ですよ」

「はっきり、言って頂こう、うちの犬が何を盗んだんです」

「わが家のプードルの食事を盗んで食べたんです。しかもガツガツとね、お宅じゃ、食事を与えているんですか、その上、洗濯物までくわえて逃げていったんだ。完全なる泥棒犬でしょうが」

さすがに小説家が言葉につまっていると細野は勝ちほこったように、

「そんな泥棒犬を野放しにするのは、少し市民としての勤めを怠っていませんか、町というのは共同体の生活ですよ、共同体の一員として自覚のない人が、よく小説を書けますねえ」

とピシャリと言った。小説家は頭に血がのぼり、この偽善評論家め、おぼえてろと心のなかで怒鳴るより仕方がなかった。


「あのね、それは犬のフラストレーションですよ」

たまりかねて相談にいった若い獣医は小説家に教えてくれた。

「ぼくはもともと犬をつなぐことには反対なんです。犬だって自由がほしい。鎖でつながれた毎日では気持が抑圧されるんです。だから隙(すき)を見て逃げだすんです。ちょうど教育ママにしばられた子供がえてして不良になるのと同じですよ」

「じゃ、どうしたらいいんです。放し飼いにするのは禁止されているでしょうし……」

と小説家が当惑した表情をみせると、

「ええ。だから、せめて二月に一度ぐらいは山にでも連れていって、のびのびと走りまわらせるんですね。そうすれば大分、ちがいますよ」

途方にくれて小説家は家に戻った。山に犬を連れていくには色々な手数がいる。電車に乗せるわけにはいかないから、自分の車を使わねばならぬ。

五月の連休、小説家は伊豆に磯釣に出かける計画をたてていた。彼の細君はその時に犬を連れていってはどうかと言った。

「行って海岸で放しておやりなさいよ」

「逃げだしたら、どうするんだ」

「逃げだしたら逃げだしたで仕方ないじゃありませんか。伊豆ならあの犬がどこの家の犬かわからないでしょ。文句の電話なんか、かかりっこありませんよ」

マクベスに悪だくみを教えたのはその妻だが、小説家の場合もその細君が無責任な行為を奨めた。

決心した小説家は晴れた五月の朝、車にドンをのせて伊豆に向った。犬は運転席の彼の耳もとにハッハッと息をかけ、涎をたらした。そして東京を出ないうちに突然、ゲッと妙な声をだして食べたものを吐いた。車のなかはその臭気で充満した。

（なんて迷惑ばかり、かける犬なんだ）

車をとめ、新聞紙で床をふきながら彼は心のそこから、このドンを彼の家においていった牛乳屋の店員を憎んだ。

海べりにくると彼は車の扉をあけて、ドンを放してやった。クタクタになった犬は走りまわる体力も失せたか、うつろな顔をして、浜にしゃがみこんでいる。

「勝手にしろ」

と彼は言って、釣の準備にかかった。

釣れなかった。舌打ちをして彼がふりかえると、ドンの姿はみえない。正直いってホッとした。細君の言ったようにこのまま、あいつが逃げ去ってくれれば、もう彼は苦情の電話を受ける必要もないし、あの偽善的評論家の偉そうな説教を聞かないですむのである。

二時間ほど岩にむなしく腰かけたあと弁当をつかい、また二、三時間、無駄に釣竿を持った。彼がたちあがって砂浜をみると、ドンがどこから連れてきたのか、真黒な野良犬の尻をしきりに嗅いでいるのが見えた。

夕方、道具をしまい、引きあげようとすると陽にやけた漁師が彼の車のそばで網をつくろっていた。

「今日は」

と彼は言って、漁師に愚痴をこぼし、魚を少しわけてくれと頼んだ。

「これは旦那の犬かね」

と漁師は言った。

「ああ。この黒い犬、あんたのか」

「ちがうね。野良犬だ。こいつ、どの犬とも寝るから、パンスケ犬だがな」

「犬にもパンスケ犬がいるのかい」

と小説家は苦笑し、仕方なくドンを車に引きずり込んで帰ることにした。

連休が終って二週間ほどたってから、ドンの下腹からポタポタ、赤い血が落ちるのを見た。はて、こいつは確かに雄だった筈だがと眼をこすってみたが、たしかに血は陰部から出ているのである。
二、三日すれば治るだろうと放っておいたが、一向によくならない。のみならず、その二、三日後、ドンはまた散歩の途中、隙をみて遁走した。折角、伊豆の海岸で存分に遊ばせてやったのにもかかわらず、この犬はフラストレーションから解放されたのではなく、一度おぼえた悪遊びの味が忘れられなくなったにちがいない。戻ってきた時は泥でよごれ、眼に目やにをつけ、いかにも悪所から朝がえりで戻ってきたやくざという顔をしていた。下腹からの血は相変らずポタポタと落ちている。
「性病ですな」

と例の若い獣医はドンの尻を覗きこんで即座に断定した。

「犬にも性病がありますか」

びっくりして小説家がたずねると、

「ありますよ、それに犬は主人に似ると言いますから」

と獣医はうす笑いをうかべた。

毎日、ペニシリン注射をすることになって家畜病院から戻る途中、小説家はこの犬が一昨日と昨日、遁走している間にあちこちの雌犬におのれの性病をうつしまわったかもしれぬ、と不安になってきた。

ただ評論家の細野の家の前を通りかかった時（その家は青い屋根と真白な壁の文化住宅だった）、彼はざま、みろ、と言う気になった。小さいが芝生のうわった庭で細野の御自慢のプードルのなき声が聞えたからである。

「おい。あのプードルにお前の性病、うつしたか。うつしたろうな」

と彼は、綱をつけたドンにたずねた。ドンは薄馬鹿なような顔をして主人をじいっと見あげるだけであった。

獣医から治療費五万円の書きつけをもらった時、小説家は大いに憤慨した。健康保険がないのをいいことにこんな勝手放題な額を要求されたことも腹だたしかったが、この馬鹿犬の快楽費を、自分がなぜ払わねばならぬのか、わからなかったのである。

雨のふる日、散歩の途中、彼はそのことを考えると急に癪にさわり、彼はドンの尻を蹴とばした。

「おい。俺はな、浮気もせず、遊びもせず、せっせと働いてきたんだぞ。それでやっと得た金でお前の浮気代を払わなくちゃならん。お前だけ、いい目をして、その償いを俺がする。これじゃ犬と人間がまったくアベコベじゃないか」

彼はもう一回、ドンの尻を蹴とばした。ドンははじめてキャンと言った。

「え。どうしてくれるんだ」

その時、彼は路の向う側でやはり傘をさして犬の散歩に出ていた主婦がこちらをじっと見ているのに気づいた。彼女は小説家がドンを足蹴(あしげ)にした光景をすべて目撃したにちがいなかった。これは、えらいことになったと思った。なぜならこのあたりの主婦や婦人はみな、暴力を眼の仇(かたき)にしている女性たちで、いつか我儘(わがまま)な生徒に平手うちをくわせた小学校の先生を糾弾すべく抗議集会を開いたことを小説家は知っていたからである。

不安はその翌日、即座に現実となってあらわれた。

「犬を叩いたり、蹴ったりするのはよしてください。犬の身になってください。暴力を飼犬にふるう飼主は許せません」

そんな手紙が無署名で、小説家の家の郵便箱に放りこまれてあったからである。小説家はその手紙を何回も読み、それは一人の手によって書かれたのではなく、近所の女性たち何人もの代表意見であることに気がついた。

人災や天災という言葉があるが、この世には犬災ということもあるのだと小説家はしみじみ思わざるをえなかった。男は同居する細君によって幸福にも不幸にもなるが、同じように飼主もその飼犬によって利益をえるか、被害を蒙るかのいずれかになるのだ。名犬ラッシーを飼った者はそれによって得もする。しかしドンのような犬の持主はたえず悩まされ、迷惑をかけられるのだ。

すっかり治癒したと思っていたドンの性病はそれから半年後にまた再発をした。今度は血こそ出なかったが、陰茎の部分がはれてびっこをひきはじめたのである。

「これは、もう、ぼくの手には負えませんな」

と若い獣医は言った。

「ラジウムをかけて患部を焼く必要があります。放っておくと陰茎癌になりますね」

彼はその治療をするためには彼の出身校である東京獣医大学に入院させねばならぬと説明した。

「多少、金もかかりますよ。だが仕方がありませんよ」

小説家はもうヤケのやんぱちの気になっていた。彼はこの薄馬鹿そのものの犬に悩まされ、迷惑をかけられるのが大袈裟に言えば自分の運命のような気にさえ、なっていたのである。

「どうでも、してください」

若い獣医はうす笑いを頬に浮かべてライトバンにドンをのせると獣医大学に連れていった。

その日から小説家は仕事をしながら——彼はその仕事に多少は自尊心を持っていたが——この原稿料はあの犬の性病治療代に払われると思うと、何ともいえぬ情けない気持になるのであった。にもかかわらずこの頃から、彼はふしぎにあの犬と自分との結びつきを感じるようになった。あの薄馬鹿な犬は自分が面倒をみなければ誰も面倒をみやしないだろうという一種の親と子に似た気持が時折、胸から湧いてくるのである。

二週間たち、三週間がすぎた。若い獣医から電話があって、

「ラジウム放射でも効き目がないので、手術することにしました」

と連絡があった。

「手術？　どんな手術です」

「陰茎を切るのです」

「え？　陰茎を」

「それしか、手がありません」

「手術しないと、どうなるでしょう」

「当然、死にますよ」

彼は仕方なく手術を承諾した……。

一か月たって獣医は多額の入院費を書いた紙を持ちドンをつれて獣医大学から戻ってきた。文字通り目の玉の飛び出るような額である。その数字を見てから小説家は思わず、ドンに視線

を移した。ドンは相変らず表情のない顔でじっと彼を見つめているだけだった。有難う、でもなければ、申しわけありません、という顔でもなかった。この多額の入院、治療費を小説家が払うことが、当然の義務でもあり、やるべき勤めであるというような顔だった。

「陰茎はないのですか」

「切りました。見てごらんなさい」

小説家はこわごわとドンの足の間をのぞいた。なるほど陰茎も、二つの睾丸(こうがん)もそこからはまったく消滅していた。その時、小説家は、最近、性転換の手術をして男性から女性になったカルーセル麻紀嬢のことを思いだした。

「マキちゃん」

と彼はドンをよんでみた。ドンはじっと彼を見つめている。

「ドン」

とよんでみた。やっぱり、じっと彼を見つめているだけだ。こいつは自分の名も忘れたのかと小説家は更に腹だたしくなった。

その日からドンの運動のために、彼をつれて近所を歩くことは小説家にとって大きな苦痛になった。陰茎を切りとられたドンは普通の雄犬のように片足をあげて小便をしない。足をふんばったまま、ポタ、ポタと水滴を股から落すのである。ポタ、ポタと落ちる水滴がすべて尽きるまでは十分ぐらいかかる。その十分の間、小説家はそばで辛抱づよく立ちどまっておらねばならぬ。

だが犬は排尿のほかに、おのれの縄張りを確保すべく、あちこちに小便をする。ドンの場合も陰茎は失っているにかかわらず、この習性は残っているため、あっちで十分、足をふんばり、こっちで十分、立ちどまるのである。

晴れた日は兎も角、雨の横なぐりにふる日には、その毎度、ドンの小便を待つのは小説家にとっては甚だしく迷惑だった。思いきってぐっと綱を引張っても、薄馬鹿犬は足をふんばったまま、一歩も動こうとはせぬ。無理に動かそうとすると首だけのばして悲しい声をあげる。通りがかった主婦たちが、この光景をみて、犬に排尿さえ許さぬ冷酷な男といった眼で小説家を見る。そのつど、小説家は照れくささを誤魔化すため、

「え、へ、へ」

と卑屈な笑声を出さねばならぬ。

一度はこんなこともあった。彼が例によってポタ、ポタと水滴をおとす、ドンの排尿を待ちくたびれて、首の綱をそばの杭にかけて煙草をすっていると、すぐそばの家から一匹の白いテリヤが走り出てきた。テリヤはドンの尻をのぞき、まことにふしぎそうな顔をして一時は離れたが、ふたたび戻ってくると、何を思いけん、排尿しているドンの背にのしかかって、怪しからぬ真似をしはじめたのである。

「メスじゃない」

とびっくりして小説家は叫んだ。

「間ちがえるな」

のしかかられたドンは主人である小説家を見あげた。その時、それまで決して喜怒哀楽を小説家にみせたことのないドンが、はじめて悲しげな色を眼にうかべたのである。

（旦那。どうしましょう）とその眼は小説家に訴えていた。（旦那。どうしたらいいんでしょう）

小説家は長い間、馬鹿にし、腹を立てていたこの犬に心の底から愛情を感じた。そうか、お前も苦労しているのだな、と彼は思った。

小説家は足をあげてドンを侮辱したこのテリヤを追払った。テリヤはけたたましい声をあげて家に逃げかえった。

「帰ろう」

と小説家はドンに言った。

「俺はお前を捨てたりはせん。安心しろよ」

悲喜劇

彼は中学校の時、医学生の従兄(いとこ)から、こんな話を聞いたことがある。

「凡助、人間の体にはな、回虫が住んでいることを知っているだろ」

「知っている」

「回虫もな、顕微鏡でみると、雄と雌とがあることがわかるんだぞ。雄の回虫にはおチンチンまでついている。雌の回虫にはその代り、女のものがある」

この従兄は年下の彼をつかまえて、よく出鱈目を言うくせがあったから、その時は本気にしなかったが、学校で教師に聞くと、嘘でないことがわかった。

雄と雌とがある以上、回虫は人間の体内で生殖の営みをやるのだと中学生は思った。すると自らの体が帰校の途中、そのそばを通りかかる温泉マークのような気さえして、嫌あな感じがした。温泉マークの入口をこそこそと入っていく隠微な男女の姿を彼は横眼で何度も見たことがある……。

高校生になってから、彼は回虫のほかにもうひとつの虫が自分の体内にいるのではないかと考えるようになった。この虫は回虫のように人間の栄養で成長するのではなく、人間の記憶を食って生きている。そして、こやつは時々、発作的に体を動かす。瞬間、彼がそこに巣くっている人間は忘れていた昔の出来事からもっとも恥かしかったこと、屈辱的だったこと、情けなかったことを突然、思いだし、大声で絶叫するのだ。

(ぼくの体には、たしかにそんな虫がいる)と凡助は高校一年の頃、真剣にそう思った。

凡助の場合、その虫はいつ動くか、わからない。しかしねむりにつく前や、朝がたにまだ寝床でぐずぐずしている時が多い。彼がぼんやり目をつむっていると、突然、虫は蠢動する。もう忘れていた過去の恥かしかったこと——たとえば中学生の頃、立小便をしていた時に急に女の子たちが路からあらわれ、びっくりしたように彼を見たこと。満員電車のなかで、体を動かした時に不意にオナラが出たこと——などが生き生きと頭に甦ってくるのである。その瞬間、

「馬鹿野郎」

「糞ったれえ」

凡助は居ても立ってもいられなくなって、大声で絶叫する。絶叫してから、しまったと、口に手をあてる。しかし、もう遅い。声は別室で寝ている母に聞え、姉に聞え、妹に聞えてしまっているのだ。

「どうしたのよ」

「何があったのよ」

母と姉とが血相を変えて凡助の寝室に飛んでくる。恥かしさのあまり、彼は布団を頭からかぶって狸寝入りをしなければならなかった。

「なによ。寝言じゃないの、いい加減にしてよ。寝入りばなを起して……」

姉は枕元に立ってブツブツと文句を言いはじめる。

「これから口にガムテープはりつけて寝て頂戴」

大学に入ってもこの意地わる虫は彼の体から死滅しなかった。死滅しないのみならず、蠢動の回数をふやし、昔より、もっとひどい、もっと卑猥な言葉さえ凡助に絶叫させるようになった。

すなわち、高校生の頃は、

「糞ったれえ」

「馬鹿野郎」

であった叫び声が、大学生の頃はもっと複雑になって、

「このオカメのブスの屁こき虫」

とか、

「屁こき虫の助平」

とかいう言葉に変ったのである。母と姉と妹はこの彼の絶叫を二度、三度、きいた時、自分たちのことを言われたのかと激怒した。しかし彼は必死になって自分は夢を見ていたらしいが何も憶えていない、と弁解をした。

一度、こんなことがあった。

大学生の時、帰校の途中、近所の花屋のおばさんに挨拶された。その花屋は姉や妹がよく寄る店で彼の家族には殊更愛想がよかった。

うららかな日だった。うららかな日だったが不幸にして彼は歩きながら考えごとをしていた。

考えごとをしていたから花屋のおばさんが路に水をまきながら、近づいてくる彼を見ているのを知らなかった。おばさんは笑顔をこちらに向けながら、

「いいお天気ですね。学校のお帰りですか」

その瞬間は虫が体内で動いた時だった。むかし、小学生の時、姉のパンツを間ちがえてはいて、体格検査で医者や先生に笑われた思い出が甦ってきたのである。

「このオカメのブスの屁こき虫」

と彼は叫んだ。叫んでしまってから、血が逆流するような気持でおばさんの顔を見た。茫然とした表情でおばさんは立っていた。生れてから彼女はこれほど侮辱的な言葉をかけられたことはなかったからだ。

どうしていったのか、わからなかった。凡助は足早にそこを過ぎ、かけるように家に戻った。勿論、この話は母にも姉妹にもしない。だが一週間ほどたってから、

「おかしいわねえ。あの花屋のおばさん、わたくしに近頃、ブスッとしているの。何を怒っているのかしら」

と妹が母に訴えているのを耳にして、いたたまれない気持だった。市川のお助け爺さんや虫よけ不動の広告を見るたびに、彼は自分のこの虫を除いてくれる神か、仏があれば飛んでいくのに、と考えたのである。

学生時代、友人と分けへだてなく交際する彼は誰からも好かれたが、出来るだけ仲間と一緒

に旅行するのを避けた。ある日、彼もそこに加入しているピンポン・グループから伊豆に合宿に行こうと誘われた時も彼は口実をつくって断わった。

「一体、どうしたんだ。これで君は大学の三年間、一度もぼくたちと旅行に行かないね」

と主将の永谷から非難がましく言われた時はほんとに悲しかった。

「何か特別の理由があるのかい」

「いえ、理由はありませんけど、ただ……」

「ただ、何だい」

「ぼくは、大声で寝言を言うんです」

永谷は笑いだした。

「寝言がなんだい。寝言なんて誰だって言うよ」

「しかし、ぼくの寝言は……」

そう言って凡助は口をつぐんだ。あれは寝言だろうか。いや寝言じゃない。意地わる虫が動きだすのは必ずしも眠っている時ではないのだ。眠る前と目がさめたあとに虫は突然動きだすのだった。

大学を出て今の放送局に入った。凡助はその名の通り、平々凡々の男でマスコミ向きの才能があるとは言えなかった。上司に言われたことは手をぬかずに勤めたから、同僚や上役の評判はよかった。女子社員の塚本藍子(あい)がそんな凡助を好きになってくれ、彼も満更ではない気持だった。

個人的な交際がはじまって一年目に藍子はある夜、映画を二人して見た帰り、スナックでこう言った。

「凡助さん、わたし、お見合の話があるの」

「見合？」

不安そうな顔色をうかべた彼を、藍子は探るような眼でじっと見つめた。

「凡助さん。わたし、お見合したほうがいい？　しないほうがいい？」

彼は女が何を言おうとしているのか、わかったが黙っていた。藍子は泪ぐみ、

「あなた、結局、わたしのこと、好きでないのね。いいわ。そんなら、わたし、見合して、その人と結婚するから」

と言った。要するに全世界のすべての男がそうであるように、凡助も女の罠にはまったのだった。彼は藍子と結婚の約束をしてしまった。

結婚式まで彼はあの意地わる虫のことを藍子にうち明けよう、うち明けようと考えながらできなかった。自分があの虫のため、どんな言葉を口にするのか知ったならば、彼女は軽蔑するだろう。それが怖しかったのである。

式はホテル・オータニでやった。旅行はお定まりの京都、奈良を選んだ。ホテルについて藍子がバス・ルームを使っている間、彼はウイスキーを飲みながら、虫よ、と祈った。虫よ、今夜だけはぼくを目茶目茶にしないでくれ。君にも情けというものがあるだろう。

かく祈り終った時に、入浴をすませた藍子が恥かしげにバス・ルームから出てきた。彼女はそばに腰かけ、自分の両手を見ながら、

「これで、やっとわたし結婚できたわ」

と大事業を果したように呟いた。

彼の祈りが通じたのか、意地わる虫はその夜、じっとしてくれていた。二日目、奈良から京都に行った夜も温和しかった。新婚旅行の間じゅう、いい子になってくれた。凡助はひょっとすると結婚生活によって自分のあの体内の虫は溶解してなくなったのかもしれぬ、と思った。

だが……

だが二人の生活がはじまって半月ほどたったある日曜日の朝、台所で藍子が鼻歌を歌いながら朝御飯の支度にかかり、コーヒー・ポットの音がコトコトと聞え、あかるい陽が窓からさしこみ、凡助はまだベッドに仰向けになりながら、ぼんやりとしていた時、突然、あの虫が体を動かした。凡助の過去の記憶のなかから突然、恥かしかった思い出がいきいきと甦ってきた。それは小学三年生の時、学校から帰るバスのなかで、怺えていた尿意にたえ切れず、思わず洩らしてしまった思い出である。おシッコはズボンから床にたれ、ひとすじの小さな川となって乗客の足もとを流れはじめた。あッ、とか、いやァ、とかという声が周りで起った。大変だ、大変だと誰かが叫んだ。凡助は泣きはじめ、車掌の女の子が急いで彼をおろしてくれた。

その屈辱的な思い出が今、ひとつ、ひとつ、はっきりと頭に再現され、浮びあがってきた。

「この、おカメの」

凡助は突然ベッドの上で絶叫した。

「このおカメのブスのヘコキ虫！」

台所に立っていた藍子は棒で撲(なぐ)られたような表情でふりかえった。わが声に我にかえった凡助は思わず手を口にあてた。もう遅かった。

しばらく沈黙が続いた。体中の力がぬけたように藍子は台所にしゃがみ、肩を震わせて泣きはじめた。

（おお、神さま）と凡助は祈った。（ぼくを助けてください）

しかし神さまも日曜日は休息をとっていたらしく、彼のために奇蹟は見せてくれなかった。

二日間、新妻は凡助に口をきかない。いくら彼が説明しても人間の体内にそのような虫がいる、とは理解してくれないのである。けだし、女には自意識というものがないからだ。


それから三年の歳月がながれた。藍子も、もう凡助の絶叫にはそう驚かなくなった。そのかわり、そんな時、凡助を馬鹿にしたような眼でじっと見るようになった。なぜなら、彼女は生れたばかりの女の子にすべての関心をむけ、夫のことなど、もう気にしなくなったからである。

夏が来た。その年の夏は例年より暑かった。凡助は放送局からロッキード問題の取材を命ぜられて毎日、国会や議員会館のあたりを仲間と取材に歩きまわっていた。くたびれ、汗まみれになって帰宅すると、家のなかでは赤ん坊が暑くるしく泣いていた。

「疲れた顔をしているわねえ」

と藍子は赤ん坊にミルクを与えながら言った。凡助が汗で濡れたシャツを代えながら、

「もう、クタクタだ。物を言うのも面倒臭いほどだよ」

とうなずくと、

「そのせいかしら」

と彼女はふしぎそうな顔をした。

「あなた、この頃、叫ばなくなったわね、あのイヤらしい言葉を」

そう言えばそうだった。この二、三か月、彼の虫はじっと鳴りをひそめていた。疲労がこの虫を鎮める一番いい薬なのかもしれぬ、と凡助は思った。

毎日毎日、忙しい日が続いた。議員会館の前の街路樹が暑さでだらんとしている。肩にかけたデンスケは重い。

それは首相の記者会見が官邸であった日だった。記者会見の録音を終えて、彼が最高裁判所にまわると、女子中学生たちの行列が大理石の階段をウロウロとしていた。

「この大理石をとったために茨城県の一山がなくなったぐらいです」

と女教師がセーラ服を着た彼女たちに説明をしていた。友だちと突つきあっている子もいれば、糞真面目にノートをとっている子もいた。凡助はそれを見ながら、まだ赤ん坊の彼の子供

もあと十年たてば、こんな少女になるのかと思って微笑ましかった。

最高裁判所のK判事の談話を録音して、長い廊下に出た時、五人ほどの女子中学生が便所の前にたっていた。凡助は自分も手洗いに行きたかったが、それを見て足をとめた。

その瞬間である。彼の記憶のなかから突然ひとつのことが浮んだ。この子たちと同じ年頃の時、彼は路で立小便をしていた。その時曲り角から、二人の女の子が、姿をあらわしたのである。

びっくりしたように彼女たちは凡助を見た。狼狽した彼は、急いで小便を止めようとしたが止まらない。少女たちは手を口にあてて笑いはじめた。あわてた凡助がヘッピリ腰になったのが可笑しかったからである。

あの時の恥かしさ、あの時の屈辱、それが今二十年を経た凡助の頭に生き生きと甦ってきた。虫が動いたのだ。彼は叫ぼうとした。叫ぼうとしてアッと思った瞬間、自分の手が抑制する間もなく、眼の前の女子中学生のスカートをめくりあげていたのである。

悲鳴のような声をその女子中学生はあげた。ほかの女の子たちは眼を丸くしてこの光景を見ていた。

守衛と女教師とが飛んできた。

「どうしたの。中曾根さん」

「この人が……この人が……」と女子中学生は凡助を指さし「いやらしいことをしたんです。スカートをめくったんです」

若い女教師は彼を睨みつけた。守衛が彼の腕をとった。

「一応、来て頂きましょう」

「チカンよ。あの人。チカン」

と女子中学生たちは引きたてられた凡助の背後で罵声をあびせた。

「ちがう、ちがう。俺は痴漢じゃない。俺はあの虫のために……そうなったんだ」

と彼は叫びたかった。

科学の不幸

それは、そんなに珍しい出来事ではなかった。

梅雨にけむる東京都郊外の雑木林で、一人の青年が首をつって死んだだけのことである。林のそばを通る近所のサラリーマンが出勤の途中、それを発見してあわてて交番に届けた。

まもなくパトカーや新聞社の車や物見だかい人たちが林のまわりに蟻のように集まってきた。

死んだ青年の上衣のポケットに遺書が入っていて、

「世のなかが、はかなくなりました。さようなら。山田昭夫」

と女のように弱々しい字で書いてあった。

翌日の新聞に、この事件は小さく出た。うっかりすれば見落してしまうスペースで。ノイローゼの技師、自殺、というこみだしもあまり迫力がなかった。梅雨の電車のなかでこの記事に眼を通した人も目的地につくと、もう、読んだことをすっかり忘れてしまうような日常茶飯の出来事だった。

だが翌週、今度は渋谷に住む別の青年が自宅で睡眠薬をのみ、死んだ。

「何もかも、わびしくなったので死ぬ」

鉛筆で走り書きをしたメモが、睡眠薬とコップの転がった枕元に投げ棄てられてあった。

二週間たって、またあたらしい自殺者があらわれた。やはり若い男で、電車に飛びこんだのである。電車が彼をひいた時、車輛に二度、三度と嫌あな衝撃があったから、乗客にも自殺だとすぐわかった。

「やったァ」

と運転手は蒼い顔をして車輛をとめ、車掌が急いで最寄りの駅に連絡をした。

一時間後、ムシロをかけた死体のそばにレインコートを着た警官が雨にぬれてじっと立っていた。

ルポライターの白川は仕事の必要上、新聞の一寸した記事でも切りぬく習慣があったから、この小さな自殺事件が心にひっかかった。三人はそれぞれ死んだ場所も死にかたも違う。しかしいずれも二十歳代の若い青年で、ともに、

「何もかもが、わびしくなった」

「世のなかが、はかなくなった」

「生きる夢が、なくなった」

と気力のない遺書を書いているのが気になる。

白川は平生自分の原稿を買ってくれる雑誌社に電話をかけ、

「ある事件を扱ってみたいのですがね」

それから電話に出てきた雑誌のデスクにこの三つの自殺事件を説明した。

「いかにも、今の世代のシラけた気分を象徴しているように思うんですが」

「まァ、そうだね」

デスクはくたびれたような、気のない声をだした。

「早速、かかってみましょうか」

「いや、いらないいね」

「なぜですか」

「シラけ時代についてのニュースはマンネリだ。先々週も同じような話を載せたばかりじゃないか。もっとコクのあるネタはないだろうか」

白川は電話を切ったあと、デスクがあれだから、あの雑誌の売れゆきが落ちるのだと一方では思いながら、他方では、あいつの言うことも尤もかもしれないと考えた。しかし彼はこの三人の自殺事件は暇をみて、洗ってみる必要はあるぞ、と自問自答をした。

梅雨がふりつづける日曜日、彼は思いきって東京の郊外に行く電車に乗った。

日曜日なのに、雨のせいか昼ちかい電車はすいていて、楽に席をとることができた。ポケットから手帖をとりだし、白川は自殺した三人の名前を、姓名判断でもするように眺めた。

山田昭夫
飛高修二
高野　実
どれを見ても何の変哲もない名前である。手帖にはさんだ切りぬきを読みかえしたが、新聞社でもおざなりにこの自殺を掲載したとしか思えない。今のように多忙な時代では、同じ自殺をするのでも高い煙突から飛びおりるとか、多摩動物園のライオンに食べられるとかしなければ、新聞に大きくのせてもらえない。

多摩川をこえていくつかの駅を通過すると、丘陵や林がやっと見えだしてくる。鶴川（つるかわ）という駅で下車すると、白川はレインコートの襟をたてて、針のように顔にあたる霧雨のなかを歩きだした。

雑木林で首をくくった山田昭夫の下宿はすぐ見つかった。自転車屋をやっている家で山田はその二階に住んでいたのである。

「あんまり、書かれたくないんだがねえ」

自転車屋の主人は白川の名刺に何度も視線を走らせながら、

「山田さんは学生さんの時から、うちに下宿していたんだよ。だから卒業して勤めに出ても、そのまま部屋を使ってもらったんだ」

山田の大学はここから二駅戻ったところにある私立大学で、そこを終えたあと、稲田登戸にある光学研究所に勤務していたという。

「温和しい人だったね。え、性格？　そりゃ技術屋さんだから少し陰気と言えば陰気だったけど。失恋？　とんでもない。大学の時から知っていた娘さんと、来年は結婚することになっていたんだ。なぜ、死んだのか、こちらが聞きたいくらいだよ」

主人は本当に不思議でならぬと言うように首をかしげてみせた。

白川が山田の婚約者だった娘の名と住所をたずねると、

「教えていいのかなァ」

と店の奥で伝票らしいものをつけている細君をふりかえった。細君は知らん顔をして黙っている。

やっとなだめすかし、その名だけを教えてもらうと彼はまた霧雨のなかを駅に戻った。駅の公衆電話で山田の卒業した大学に電話をかけるためである。

「林由紀子。待ってください」

庶務課では、白川を興信所の結婚調査員と思ったらしく素直に、

「林由紀子。ええ、卒業生名簿に載っていますね。たしかにうちの卒業生ですな。現住所は、町田市本町田二ノ三ノ三五」

白川は礼を言って電話を切った。それから駅前のラーメン屋でラーメンをたべた。


その林由紀子から白川は奇妙なことを聞いた。

二人が待ちあわせたのは彼女の家の近くにある喫茶店で、うす暗い店内には彼等のほかには客がいなかった。ボーイがつけたテレビではちょうど午後三時からの競馬中継がはじまっていた。

「あなたたち、結婚するつもりだったんでしょう」

「ええ」

風邪(かぜ)をひいているという由紀子は時々、ハンドバッグから小さなハンカチを出して鼻をかんだ。

「それなのに山田君、なぜ死んだんでしょう」

「わたしにも……わからないんです」

と彼女は哀しそうに首をふった。顔だちの決して悪くない、むしろ可憐な娘だった。

「あなたは、一寸、あべ静江に似ていますね」

「彼も……そんなこと、言ってくれました」

と彼女はさびしそうに微笑んだ。あべ静江に似た婚約者がいるのに、何故、「世のなかがはかなくなった」と贅沢なことを言えるのだろうか。今のシラけた世代の心境はわからない。

「山田君はたしか稲田登戸の光学研究所につとめていたんですね。どんな仕事だったんです」

「ええ。レンズを作る仕事でした」

「レンズ?」

「ええ。顕微鏡の……わたしにはよくわかりませんけど」

「それで、仕事がオーバーで過労気味ということはありませんでしたか。ノイローゼになったとか」

「いいえ」

由紀子はまた首をふって、少し口ごもり、

「ただ……」

「ただ?　何です」

「死ぬ一か月前ぐらいから、一緒に歩いていても急に笑ったり、急に寂しそうな顔をする時が時々、ありました」

「なぜです」

「どうしたの、と聞いても教えてくれませんでした」

やはりノイローゼ気味だったのだろうかと白川は考えた。

「そのほか、変ったことは?」

「別に。ただ、あの頃から眼鏡をかけるようになって」

「近眼になったのですか」

「自分でも眼がつかれたからと言っていました。そう言えば眼鏡をかけてから、さっき言った態度をするようになったんです」

「この人の名に憶えがありませんか」

念のため白川は手帖を出して飛高修二、高野実の二つの名を由紀子に見せた。山田が自殺したあと、よく似た遺書を残して自殺した二人の名である。

「高野さん……」

遠いものを見るように彼女は記憶をまさぐっていた。

「いいえ」

彼女はまた弱々しく首をふって答えた。

「知りません」

由紀子と別れ、新宿に戻る電車の湿った席で足を組み、白川はレインコートのポケットから松本清張の推理小説を出して読みはじめた。そして今日の自分はその推理小説に出てくる主人公とよく似たことをやったと思い苦笑した。主人公と彼とが違うのは、小説のほうでは関係者をたずねてある手がかりをえたのに、彼のほうは手がかりらしい手がかりはひとつも見つけられなかったことだった。

翌日、月曜日、雑誌社に出かけてみると、一寸した騒動がもちあがっていた。先月号のグラビヤに載せたヌード写真が行き過ぎだというので警視庁に編集長が任意出頭を命ぜられたと言うのである。

「今の時代にヘアが見えるとか、見えんとか問題にすることもないだろう」

デスクは白川がまるで取調べの刑事でもあるように愚痴を言った。

「まして翳(かげ)かヘアかわからぬものに文句をつけるなんて時代錯誤も甚だしいよ」

「表現の自由ですか」

「理窟はどうでもいいが人間の裸体が醜悪だという感覚はもうぶっこわしてもいいね」

白川は別にデスクの気持に逆らう必要はなかったから、そうだと言うふうに、うなずいてみせた。

仕事の相談をして立ちあがろうとすると、

「この間のシラけ世代の話、どこかの雑誌に話したかね」

「使うんですか」

「いや。ウメ草に役にたつ時があるかと思ったから」

と呟いて、デスクは自分の仕事にとりかかりはじめた。

その週の木曜日に白川は飛高修二の自宅をたずねた。

渋谷から宮益坂を青山に向って左に折れた眼鏡店が飛高の家だった。

「これは決して何処かに書くという取材じゃないんです」

医者のように白衣を着た父親は白川の名刺を見て不安そうな表情をうかべた。

「もし、そうなら、こんなに正直に名刺など渡しませんよ。ぼく自身の問題としてお話をうかがいたいんです」

真剣な顔に押されて、実直そうな父親は店の奥の検眼室に彼を通した。よごれたカーテンがしめられ、視力検査の台がおかれたこの部屋は小さな物置のような感じがした。

「わたしらも、こげんことをするとは夢にも思わんかったとです」

九州出身らしい父親はくどくどと同じ言葉をくりかえした。

「性格もあかるか子でしたし、店の仕事もよう手伝いよりましたからなァ。ましてあげん遺書ば書くなど考えんかったとですよ」

膝の上においた手をさすりあわせながら、

「友だちも多か子でねえ」

「体は健康だったのですか」

「そりゃもう、高校の時、競技部に入っとりましたからな。国体に出たこともあって、その時、賞ばもろうたくらいです」

「それが突然」

「はい」

通りで子供が唄を歌っている声が聞えた。夕暮に子供の唄を聞くと白川はいつも感傷的になる。カーテンがしめてあるせいか部屋はうす暗い。

「息子さんは……」

彼は急に林由紀子の顔を思いだした。

「亡くなられる前に眼鏡をかけるなどと妙なことを言われませんでしたか」

「いえ」

父親は怪訝そうに彼を見かえして、

「あれは中学三年の時から近眼になっておりましたから、いつも眼鏡ばかけておりました」

「山田昭夫という名を聞いたことがありますか」

「山田？」うなずいて「ああそう言えばそげん名の方から電話が何度かありました」

白川はこの時はじめて、胸の疼きを感じた。何の関連もないように見える三人の自殺者のうち、その二人が知りあいだったのだ。

「電話が?」

「その山田という方が息子の自殺に、関係があったとですか」

白川は答えを口に出すのを一瞬、迷ったが、思いきって、

「山田さんも自殺されたんです」

「なぜ」

「なぜかわかりません。お宅と同じように自殺する理由が見つからないのです。結婚を前にひかえていたぐらいですから。だから」

膝を乗り出すようにして、

「お宅の息子さんと山田さんの関係がわかれば、それが糸口になるかもしれないのですよ」

父親はくぼんだ眼をしばたたいて黙った。それから、

「たしか……」

と呟いた。

「たしか、どうしたのです」

「息子は山田さんの視力検査をしたと言うておりました。眼鏡の注文ば受けた、いうて」

「近眼鏡の?」

「さあ。それは、わたしも知らんとです。検査表ば見れば、すぐわかるとでしょ」

「調べてくれませんか」

背をまげて足を曳きずるようにして父親は検眼室から店に出ていった。白川は煙草を口にくわえたが、それをふたたびポケットに入れた。

「これです。しかし」

一枚のカードを手に持って父親は検眼室に戻ってきたが、ふしぎそうに、

「おかしか」

「なにが」

「山田さんは眼鏡ば作る必要はなかですよ。視力は右が一・〇、左も一・二ですもんね。これは普通より眼のよか人ですたい」

「しかし現実に眼鏡を作っている」

「はい。息子が注文を受けておりますから、たしかに作られたとです」

近眼でもない人間が眼鏡をつくる。そしてそれをかけるのは最近の流行である。しかしそのカードを見ると、わざわざ注文したものであって、出来あいのサングラスを買ったのではないのだ。製作日を見ると、ちょうど山田が自殺する一か月ほど前だった。

(何か、ある)

少なくとも山田や飛高の自殺には、眼鏡が関係している。眼鏡を通してこの二人は交際し、眼鏡を通して結びついているのだ。

父親に礼を言って彼はふたたび宮益坂をおりた。針のような霧雨は相変らず降っていた。彼は行きつけの飲屋によって冷えたビールを注文すると、林由紀子の自宅に電話を入れてみた。

「もしもし。白川です」

「はい」

まだ力のない由紀子の声が受話器から伝わってきた。

「先日、聞くのを忘れていましたけど、山田君、自殺した時、かけていた眼鏡はどうしました」

「眼鏡ですか。眼鏡……そういえば……」

由紀子は今までそれに気づかなかったように、

「眼鏡は林の地面に落ちて、こわれたそうで、フレームだけ、警察の人が持っていったと思いますけど……」

新聞にもあの雑誌のグラビヤが猥褻（わいせつ）罪の疑いで訊問（じんもん）されているという記事が出ていた。記事のスペースは三人の自殺青年のニュースよりは、ひとまわり大きく扱われていた。そして、こういう意味のない性の制約は日本の文化的後進性を示すものだというある作家の談話もこれにつけ加えられていた。

デスクは白川に仕事を依頼してきた。

「あなたは性の解放に賛成か、否か」というテーマで色々な人に会って談話をとり、それを記事にせよというのである。

その仕事で政界や経済界の人や文化人をえらんで歩きまわった。会うと、

「ああ、この雑誌、今、猥褻罪で調べられていますな」

意外と新聞記事を読んでいるので驚いたし、それについての意見もマチマチで、まだ早すぎるという経済人もあれば、くだらぬ圧迫だと笑う文化人もいた。

そんな忙しさにまぎれ、高野実のことを調べる時間がなかった。

高野実のいたアパートに電話をすると管理人が少し待ってくださいと答え、間もなく女性の声が聞えた。当人の姉だという。

彼女もまた他の人たちと同じように警戒するような口ぶりだった。白川はしつこく、ねばってやっと面会の許しをとりつけた。

話によると彼女は有楽町のルフトハンザ航空の事務所につとめているという。

夕方、その仕事が終る頃をみはからってその案内所まで出かけると、客らしい外人夫婦を相手に何か説明していた女性が眼で合図をした。隅にある椅子に坐って待っていてくれ、と言うのである。

「お待たせしました」

それから彼女は同僚にあとを頼むと、白いレインコートを肩にかけて、

「出ましょう」

と白川を促した。

肩を並べて歩きながら年齢は二十八歳か九歳だなと想像した。交叉点をわたって大きなビルに入ると彼女は勝手知ったように大理石の階段をのぼり、人影のない小さなロビーを示した。

「ここなら誰も来ませんし、静かですわ」

紺色の丸いソファに腰かけると、ハンドバッグから煙草を出し、小さな赤いライターで火をつけた。服装といい靴といい、いかにも東京の中心街で働く女性という感じだった。

「申しあげておきますけど、弟については何もお話しすることがないのよ。両親もわたしもできるだけ話題にしないようにしているんです。一日も早く忘れたいと思って……」

「よく、わかります」

やや切口上な彼女の口調に白川はうなずいて、

「だが三つだけ、教えてくださいます？」

「三つだけですか。なぜ？」

彼女は苦笑してうなずいた。

「弟さんの自殺の原因に思い当ることがありますか」

「電話で申しあげたでしょう。表面はそんな気配はありませんでしたが、やっぱりノイローゼ気味だったのでしょう。せめてわたしには何かうち明けてくれればよかったんですけど……弟もあたしも自分の始末は自分でする姉弟でしたから」

「じゃ、何も理由がないとおっしゃるんですね」

「そうは申していませんわ。理由がなければ弟だって死ななかったでしょう。ただ、わたしたちにはそれがわからなかったのですわ」

「あなたはそれを知りたくありませんか」

「知って弟が生きかえるものならね」

白川は彼女の物の言い方が山田の婚約者や飛高の父親とちがってつめたく、突き放すもののように思えた。

「じゃあ、二番目の質問ですが、あなたは山田昭夫とか飛高修二という名前を聞いたことがありますか」

「そんな名前は耳にしたこともありません」

煙草の煙を吐きだして彼女ははっきりと否定した。

「三番目。弟さんは近眼でしたか」

「え?」

彼女は白川の突飛な質問に驚いたように、

「なぜ、そんなこと、お聞きになるの」

「実は……」

と彼は今日まで彼が調べたことと不思議に思ったことをこの高野実の姉に説明した。

「だから、今度の自殺は眼鏡となにか関係があるような気がしたんです」

「どういうことですの」

「それは、ぼくにもまだわかりません。だから謎をとくため、こうしてあなたにお目にかかっているんです」

彼女は白川を馬鹿にしたように鼻先で笑った。

「弟は眼鏡をかけていませんよ。弟はそのお二人を存じあげなかったと思います。あの子の自殺はやはり人には言えぬノイローゼだったと思いますわ」

「そうですか」

「眼鏡が自殺の原因になるとははじめて聞いたわ」彼女はクックッと笑って、

「ちょっと探偵小説の読みすぎみたいね」

「かもしれませんね」

白川も苦笑して、

「でも、ぼくはやはりこの眼鏡が気になる。さいわい、山田君が自殺した雑木林の現場に眼鏡レンズの破片が落ちているかもしれないのです。婚約者の話によると、警察はそのレンズの破片は拾わずにフレームだけを持っていったようですから」

「なんですって」

突然、彼女の顔色が変って、

「その破片……あなた、探すおつもり？」

「もちろんですよ」

「いつ」

「明日でも」

「およしになってよ」

彼女は声をたかめて言った。

「お願いだわ」

白川が呆気にとられるほどその声も態度も真剣そのものだった。

「どうしてです」

「どうしもしません」彼女はやっと我にかえったように、「ただ馬鹿馬鹿しいじゃありません？　それになぜ、しつこく弟たちの死んだ理由をあなたは探すのですの」

「何か知っていますね」

この女は真実をかくしているという直感がこの瞬間、白川の頭にひらめいた。

「知りません」

彼女は怒ったように白川を睨みつけた。

有楽町の雑踏を一人歩きながら白川はやっと、事件の手がかりを自分がつかんだという確信をえた。その手がかりとはやはり山田が自殺一か月前にかけた眼鏡である。眼鏡は飛高修二がつくったものであり、眼鏡のもつ秘密を高野実の姉がどうやら知っているという疑惑はいよいよ胸のなかで黒雲のように拡がっていった。

（とも角も）と彼はひとりごちた。（山田が自殺した現場でその眼鏡の破片を探すことだ）

翌日、ふたたび多摩川をこえる電車に乗った。胸しめつけられるような興奮でじっと席にかけているのも、もどかしい気持である。電車があまりに遅く走るのがいらだたしく、彼は何度も窓外のくもった風景に眼をやった。

ようやく鶴川で下車をすると、駅前の小さな交番をたずねた。山田昭夫が首くくった現場を訊ねるためである。山田の高校時代の先輩だといい、その現場で冥福を祈りたいと嘘をつく彼に、交番の警官は親切にも地図まで書いて道順を教えた。

このあたりは柿をうえた農家が多い。雑木林は丘陵と共に至るところにある。空は曇っていたが、まだ雨は降っていなかった。犬をつれた一人の男が自転車に乗って、白川を追いこしていった。

ようやく地図に書いてある雑木林まで来るとその周りにはバラ線がめぐらしてある。一角が踏み倒されているので、その近くが現場だとすぐわかる。ドクダミが埋めている湿った地面にまだ紙やすいがらが落ちている。

（おそらく、この木だったのだろう）

彼は一本の松の木を見あげて、そこにぶらさがった青年の哀しい死体を思いうかべた。その松の木の枝ごしに雨をふくんだ古綿色の空がみえた。

（山田君。なぜ君は眼鏡のため、死んだのだ）

白川は注意ぶかく地面をみまわした。湿った地面にはまだここに集まった人たちの靴の痕が かすかに残っている。光るものを見つけたので拾いあげるとコカコーラの瓶の蓋である。

舌打ちをしてドクダミの間を探しまわった。眼鏡の一部と思われる、片側が丸いレンズの破片が土に半分埋まっていた。

その破片についた泥を白川はハンカチで丁寧にふいて眼にあててみた。

なんの変哲もないガラスにすぎない。その破片を通して松やクヌギの樹木や古綿色の空がぼんやりみえる。

だが、その時、先ほど白川を追いこした犬をつれた男が自転車に乗ってもう一度、道を引きかえしてきた。破片を眼にあてたまま何気なくそれに視線を移した白川は、

「あッ」

と思わず声をあげた。はじめて驚くべき事実がその時、わかったのである。

「一昨日は失礼しました。弟の死について色々、御心配いただきましたのに、あのように失礼な態度をとり、何もお話ししなかったことをお許しください。

おそらく、あなたが御想像になったようにわたくしは事情は知っていたのです。知ってお話

しできなかった理由は別便でお送りした弟の日記に目を通して頂ければわかってくださると思います。

本当は何もかも黙っているつもりでした。でもあなたは山田さんの眼鏡のことを気づかれ、そのレンズの破片をどうしても見つけるのだとおっしゃいました。

やめて頂きたいのです。弟やそのほか亡くなられた二人の方たちのためではなく、あなたのために、それはやめて頂きたいのです。なぜなら、もし、そうなされば、あなたも弟たちと同じように、この世のすべてが、はかなくなり、わびしくなってしまうからです」

高野実の姉から来た手紙を読みながら白川は溜息をついた。すべてがわかってしまった今、彼は彼女が送ってくれた弟の日記をもう見る必要さえない。

それはどこでも売っている灰色の大学ノートだった。高野実は姉のそれによく似た丁寧な字でその日記をつけていた。日記は十頁（ページ）にわたっていたがその全部をここに紹介する必要はないだろう。

〈四月一日、エープリル・フールの日。この日、ぼくはいつものように何かを求めて街を歩いていた。そしてふと入ったスナックでエープリル・フールなど以上に驚くべき出来事にぶつかってしまったのだ。

スナックでは一人の男がビールを飲んでいた。その男にぼくが煙草の火を貸してやったことから話がはじまり仲良くなったのだ。彼は渋谷の眼鏡屋の息子だった。

酒の酔いがまわるにつれ、ぼくは快活そうなこの男に人生をどうしていいか、わからないとうちあけた。大学も面白くないし毎日の生活も無意味だ。それなのに胸のなかではこの世にたいする不満と怒りが充満している。だが、一部の若い連中のように爆弾をビルに仕掛けたりハイジャックをする勇気もないのが哀しいとしゃべってしまったのである。

彼は笑った。それは今の若い世代一般の悩みだと言い、ぼくもそうだとうなずいた。すると彼は――飛高修二という名だった――急にあたりを見まわし、ミミズ・グループに入らないか、と言った。

ミミズ・グループとは何かと訊ねたら、ビルを爆破する狼グループにはなれぬぐうたらな男の集りで眼鏡を売るのだと言う。ミミズ・グループという名は気に入ったが、ぼくはバカらしくなって笑ってしまった。

ちがうんだ、と彼は真剣になって言いかえしてきた。眼鏡は眼鏡でも普通のやつとはちがうんだ。一人の青年が大学の工学部に入った時から、それにだけ必死で取りくんで今や完成一歩手前にある眼鏡だという。

どんな眼鏡か、知りたいか。知りたいとも。じゃ、ミミズ・グループに入れば教えてやる。じゃ入ろう、とぼくは気楽な気持で即座に入会を誓ってしまった。

眼鏡の秘密は一生洩らさぬこと。わかったよ。でもその眼鏡は何なんだい。

彼はゆっくりとあたりを見まわして話しはじめた。その眼鏡が完成して、それをかければ、特殊な合成樹脂からつくったレンズの作用で、布製の衣服類はすべてみえなくなる。そんな眼鏡だ。

よく、わからんなあ、とぼくは首をふった。すると彼はもどかしそうに、たとえばさ、女の人をこの眼鏡でみると、衣服が消えて、彼女は生れたままの恰好になるんだよ、と呟いた。

ぼくは茫然として口もきけなかった。子供の時、ぼくはそんな眼鏡があれば面白いなァと考えたものだ。しかし、そんな発明がこの世にできる筈はないし、それを企てる発明家もいる筈がない。本当か。本当だよ。科学はそこまで進歩したんだ。彼は真剣な顔でしゃべった。この眼鏡ができれば、もうこの日本も性の革命がくる。政府や警察や権力者たちがいくら取締ったって、この眼鏡をかけた者には少なくとも人間の衣服などという偽善から自由を獲得できるんだ。ミミズ・グループは爆弾の代りにこの透視眼鏡で権力者たちの偽善道徳と闘うんだ。

夢でも見ている気持。しかし夢でない証拠には、ぼくはこの日記を書いている。

四月十一日

あの眼鏡はあと二日で完成すると飛高から連絡があった。製作者である山田昭夫君は温和しい静かな技師で、今日、例のスナックで紹介された。ぼくはこの特殊な合成樹脂を考えるのに五年間かかったのですと彼は科学者らしく静かにつぶやいた。

ノーベル賞ものですね、と言うと彼はおごそかに首をふってノーベル賞は近頃、価値が下落したからぼくはこの眼鏡でほしくないと言った。もっともノーベル賞のように偽善的モラルで支えられている賞はこのような革命的透視眼鏡には与えられぬだろうというのが飛高君の意見だった。三人で最後の実験成功を祈ってトリスで乾杯。

四月十四日

真夜中、飛高君から緊急電話。セイコウ。遂にセイコウしたのだ。ああ、日本の道徳はこれで百八十度、変るだろう。思わず口から出る「黒猫のタンゴ」。マルクス万歳。

四月十五日

まんじりともせず眠れぬ一夜をあかした後、朝の電車でハチ公前に九時集合。黒いアタッシュ・ケースをさげ、人目を避けるようにして改札口からあらわれた偉人エーリッヒ博士のような山田君を囲んで飛高君の店に行く。幸い飛高君の店は定休日で家族も従業員もいない。アタッシュ・ケースから出したレンズを眼鏡にあわせる作業に、飛高君がとりかかる。そして、まず試作第一号が午後三時に完成した。

それを山田君が眼にかけた時、なぜか突然、不愉快な顔をした。

「どうしたんです」

ときくと、あわてて、

「いえ、別に」

と答えたが、その理由は間もなくわかった。

渋谷に出てぼくもその眼鏡をかけると、驚くべし、通行人の男女のすべてが生れたままの姿で歩いている。ああ、なんとすばらしいことだろう。若い娘はオッパイも丸出しだ。そして栗のイガみたいなものを下腹部につけている。おばあさんはシナびた乳房。やりきれないのは男たちだ。ブラブラさげて娘と腕をくんでいる。娘にささやいている。これはまったく偽善的だ。

渋谷駅の前にくると都議会の候補者が演説をやっている。

「今や、日本人の心には美しさが欠けています。その日本人の心をとり戻すため、まずわれわれの区にみどりを復活したい」

しかし、そのオッさんの腹は蛙のようにふくれ、みにくく、股間には醜悪そのものの山芋のようなものがダランと死体のようにたれさがっている。ぼくはあわてて眼鏡をとり、山田君に返した。山田君がさっき不愉快な顔をした気持がよく、わかったのだ。悦びが憂鬱に変る。

四月十六日

ぼく用の眼鏡が手わたされる。スナックでそれをかけ、ちょうどボーイがつけたテレビを見た。七時のニュース。首相が例のものをダラリとぶらさげて予算委員会で答弁している。

「わたくしはね、どこの国とも仲良くしたいと言っているのですよ。アメリカだけじゃありませんよ。それが議会政治に半生をささげたこのわたしの念願なのですよ」

ダラリとぶらさげた首相には威厳などまったくない。それを問う社会党の議員のアレも短小で顔に似あわず実力のない男だとわかる。

あわててチャンネルをひねる。白い飛行場というテレビ・ドラマ。海苔のC・Mによく出る女優と美男のTという男優とが、シンコクにしてなやましい顔をして恋をささやきあう場面である。

「奥さん。ぼくは冬の山に去ります。冬の山でもう一度、ぼくの愛をきびしくためしてみたいんです」

悲壮な顔をしているが、彼のアレが持主を小馬鹿にしたような形をして上を見ている。彼のアレはまるでこう言っているようだ。

「アホくさ。こいつ、なにうまいこと、言うとるねん」

人妻になった女優の眼からひとすじ泪がこぼれる。

「内山さん。わたし、忘れないでしょう。一生、このことを忘れないでしょう」

しかし彼女の乳房はペチャンコだ。何が忘れないでしょうだ。幻滅。ぼくは彼女のファンだったこともあるのに。

四月十九日
山田君が悲しそうに集合場所のスナックにやってきた。力なく椅子に坐るので、

「どうしたんです」

「エジソンが言っているように科学の進歩は人間を裏切ることが今、ぼくにやっとわかったんです」

「それどういうことですか」と飛高君。

「ぼくは婚約者がいるんです。今日、あの眼鏡をかけて婚約者を見ちゃったんです。そしてその瞬間ぼくは大事なものを心から失ったんです」

山田君は泪ぐんだ。ぼくたちは彼の気持がわかる気がして黙りこんでしまった。

「科学は人間を不幸にします。エジソンもそう言っている。あの眼鏡は作るべきじゃなかった」

「そんな弱気じゃねえ、ミミズ・グループは性解放を弾圧する日本の警察と闘えませんよ」

「いいえぼくは原子力を発見してそれを爆弾に変えられたアメリカ科学者の悲しみが今こそ理解できましたよ。ああ、由紀子さん。由紀子さん。ぼくは君にたいするロマンチックな気持を失ってしまった」

四月二十一日
あの眼鏡をかけてから、ぼくたちも山田君と同じように女性にたいするすべての好奇心とすべての興味とを失ってしまった。女は衣服をはげば、皆、同じという気がしてならない。イヤだ。ああイヤだ。

四月二十二日
空虚。また空虚。眼鏡はもうかけたくない。〉

ルポ・ライターの白川がその仕事をやめて故郷の岩手県の牧場に帰る決心をしたのはその年の秋だった。

「そうか。どうしても帰るか」

とデスクは彼を飲屋に連れていってささやかな送別の酒をおごってくれた。

「都会生活が嫌になったのかね」

「それもあります。そして女性に興味を失ったためでもあります」

「君の年で?」とデスクは笑った。「しかし、そう言えば君はこのところ、めっきり老けたようだ。六十歳みたいに見えることもあるよ」

「そうでしょう。そうかも知れません。見るべきものをすべて見た男は老けるんです」

と白川は悲しそうに言った。デスクは気がつかず、

「君、何を大袈裟なことを言うんだ」

「デスク、科学は人間を不幸にするんです」

「どうかしたんじゃないのか、君」

「なんでもありません。それより例のグラビヤ問題、罰金刑になるんですってね」

デスクはうなずいて重々しく、

「口惜しいが、今はそうするより仕方がない。しかしね、ぼくらは負けんぞ。これからも日本の性の解放のため、大いに闘うつもりだ」

遊子方言

――半可通物語――

秋の夜原宿は表参道の歩道を往復して、まわりの女の子たちを物色している痩せた中年がいた。この男、いい年なのに若づくりのサファリー・ルックなど着て、ポケットにハンカチなどつっこんで粋がって立っていたが、通りすぎる娘たちはまるで電柱でも見るように彼に一瞥もしない。

この時、向うからいかにも地方の青年らしい陽に焼けて眼の少しくぼんだ青年がこれもキョロ、キョロしながらやってきた。中年、ふしぎそうにその青年をうかがって、

「山下じゃ……ないか」

「あっ、先輩」

青年もびっくり立ちどまり、幽霊でも見るようにまじまじと相手をながめ、

「生きておられたとですか。先輩」

「なにを言ってんだ。お前こそ東京で何をしてるんだ」

「はい、連休ば利用して、東京見物に来たとですよ。はとバスに乗り、あちこち廻って、今夜は有名な原宿ば見物しようと思うて来ましたが……こげん華やかな通りで目のまわっとります」

「そりゃァ、長崎の田舎から出てくれば東京はどこも華やかな通りさ」

と中年せせら笑って、

「じゃあ何もかも驚きの種だったろう、どこを見物した」

「はい。東京タワー、宮城に日比谷公園、国会議事堂、パンダも見たとですよ。姪や甥に話の

種になる思うて」

「くだらんところばかり廻っとる」

　中年は青年を馬鹿にしたように、

「子供じゃあるまいし、東京に来て東京タワーを見物して悦ぶ奴があるか。お前は相変らずぬけているな。それじゃあ東京を見たことにならんぜ」

「はァ」

　青年は温和しい性格らしく、しょんぼり中年の話を聞いている。

「そうさ。東京に来てよォ……そうだな。俺も忙しいが今夜は一寸、暇がある。案内してやろうか」

「御迷惑じゃなかですか」

「迷惑は迷惑さ。しかし十年ぶりで同じ故郷の後輩にここで出会ったのが俺の運命（マイ・デステニー）だろう。案内はしてやるが、ただお前、金を持ってるか。俺な、今夜ぶらりと散歩で小銭しかないからな」

「はい金は持っとるとです」

　上眼づかいに青年は先輩を見て、うなずいた。折角、東京に来たのに高校生の修学旅行のような場所しか廻っていないことは彼自身も知っていたのである。

「ようし、それじゃァ」

　中年はしめた、とばかり意気ごみ、

「まず赤坂の夜を見せてやるか、それからな、銀座のバーやクラブめぐりとくる。どうだ、銀座のバーの話は聞いているだろうが……」

「はい。週刊誌なんかで読んだとです。眼の玉のとび出る値段ばとられると書いとったですが、半可さん、本当ですか」

「バーやナイトクラブによりけりよ、それにお前のような田舎出のイチゲンの奴はぼられるよ。幸い、今日はこの俺がついているから心配はするな」

中年は鼻をピクピクさせながら片手をあげて通過するタクシーの一台をとめ行先を運転手に言うとポケットからシガレット・ケースを出して一本口にくわえ、ロンソンのライターで火をつけた。

「しかしなァ。赤坂や銀座に行くのに、お前のその恰好は野暮ったいな、折角、東京にきたんだ。少しは洒落(しゃれ)たものも買えよ。エルメスのネクタイとか、バーバリーのレインコートとか」

「はあ」青年、顔をあからめ「田舎者には何ば買(こ)うてよかか、わからんとですよ。土産(みやげ)にも苦労して、結局、スコッチウイスキー二本と山本海苔の鑵は買うたとですけどね」

「嫌になるぜ。まったく、田舎者は」中年は溜息をついて「そんな趣味じゃ銀座のホステスに馬鹿にされるぞ。銀座のホステスはな、お前の行く田舎町のスナックの女の子などとは違うんだ。一着二十万もする洋服を毎日、変えてくるんだからな」

「ありゃ、そげん高かもんば着とるとですかね」

「そうよ。だから彼女たちを陥落さすには……。金もかかる。ハ、ハ、ハ」

ハ、ハ、ハと中年はうつろな声を出して笑った。

「ばってん半可さんも随分、銀座に通われたとですか。そげん大金を使うたとですか」

「俺か。俺は馬鹿な金は使わんよ。金を使うのは国会議員や重役のような年寄りよ。俺なぞは今、広告会社の仕事をしているから安くすむのさ。銀座のホステスは文化やマスコミに弱いからな、特別待遇してくれるのさ」

本当かどうかわからぬが中年、かく自慢しているうちにタクシーは赤坂見附にさしかかり、

運転手「お客さん、どこに停めますか」

中年「オーケ。赤坂東急の前あたりで停めてくれ。おい、山下、チェックよ。金だよ。タクシー代だよ」

タクシーをおりた中年は山下とよぶ青年の肩を叩き、さあ、活力が出てきたぞ。今夜は大いに遊ぼうじゃないかと勇ましく叫んだ。

「この赤坂ではな、つまり芸者をあげて遊ぶのが一番だ。議員なぞもここで密議をこらす場所でな。なんなら俺も時々、寄る家で老妓（ろうぎ）でも呼んでひとつ、渋い声でも聞きたいが、ま、今夜はやめておこ。その代りどうだ、外人の娼婦を少しばかり、からかって銀座にくり出そうじゃないか」

「外人の娼婦を」びっくりして青年は「東京でも金髪の買えるとですか」

「それが赤坂の夜さ。ウナチェラ、トウキョーよ。みろ。あっちにも、あそこにもボケーと見えるだろ」

少し肩を怒らせながら中年は気どって外娼が立っている建物を指さした。なるほど、夜目にもうす白く、一人、金髪の女が建物のかげに立っている。実直な青年はこんな経験はまったく無いらしく、二、三歩ほどうしろで体をこわばらしたまま立っている。

「ヘロー。ハゥー、アー、ユー」

中年、英語を使ったが、その発音、拙劣なため、女にはハゥー、アー、ユーがフー、アー、ユーに聞えたらしく、

「アイ、アム、アメリカン、トゥリスト」

「ふむ、トゥリスト・ガール。立ちん棒ね、ハウマッチ」

中年、外人女性に声をかけた興奮で相手の言うことが何やらさっぱりわからない、この旅行者（ツーリスト）の婦人をストリート・ガールと間違え、ハウ、マッチを連呼する。侮辱されたと思った女性は逆上して何やら叫びはじめた。

「へ、へ、へ」中年は卑屈な笑いを山下にうかべ「怒らしちゃったよ、俺がまけろなど言ったからな。この頃は赤坂の金髪も質（たち）が悪くなったよ。むかしはいい子もいたんだがな」

この時、そばの煙草屋から彼女の亭主らしいブルドッグのような外人が姿をあらわし、女房の叫びを聞きつけると、赤鬼のように真赤になって中年につめより、

「フー、アー、ユー」

中年には今度はそのフー、アー、ユーがハゥー、アー、ユーに聞え、

「え。ハゥー、アー、ユー？　おう、サンキュー」

「フー、アー、ユー」

「へ、へ、へ、君はひもか、ユー、ひも？　へ、へ、へ、こいつは危い」

くるり、うしろを向いて、

「山下、逃げろ、早く」

「逃げろ？　何の、あったとですか」

「うしろを見るなよ、ひもさ。これが東京のスリル。外人娼婦に外人のひも。マフィヤかもしれん」

山下という青年、急にたちどまって、

「半可さん。ぼく、やっつけましょか、長崎で外人の船乗りば投げ飛ばしてやったことのあるとですよ」

「よせ、暴力は敵だ。弱いものいじめするな。赤坂はこれでいいだろう。銀座にいこう、銀座に」

タクシー、ハイヤー、自家用車のたてこむ電通通りの夜の混雑に、もう、びっくり仰天している青年に、

「どうだ、不夜城とはここを言うのだ」

　中年、まるで自らの持ちもののように自慢した。

「あのビル、このビル、みな酒場(バー)で埋ってる。山下、銀座にいったい酒場が幾つあるかわかるか」

「はあ……一万も……、あるとですかね」

「馬鹿。いくら何でもそんなにあるものか。四千よ。四千の酒場に集る客の数と言えばまず一晩で三万、四万だな。お前の故郷の町と同じ人間の数だ」

「そげん多くては一生かかっても廻りきらんとですね」

　ネオン影さす歩道を客を送るホステスや酔客たちが路をふさいでいたが、中年は顔の広いところを見せようと通りかかったホステスの一人に狎々(なれなれ)しく片手をあげ、

「よォ。ナナじゃないか。久しぶりだな」

　と声をかけた。しかしそのホステス、怪訝な顔をして足早やに通りすぎていく。面目失った中年は、

「あっ、薄情だな。一寸、顔を出さぬともう素知らぬ顔をしやがる。あれは俺の行きつけだった店のナナというホステスだが……一時、俺が他の店に行くようになったのを、まだ怒っているのさ」

　山下にそうとりつくろって、

「さて、お前の懐中(ふところ)ぐあいで店を選ばずばなるまい。銀座のバーにもピンからキリまである。

一杯の水割に二千円もとるところもあれば、五百円ですむところもある。いったい、いくら持っているのだ」

「はい」山下は不安そうな声で「今、五十万円しか財布に入れとりませんが……先輩、足りるでしょうか」

「なに、五十万」中年、眼を丸くして「さすが農協は強い。日本は米の国だ。五十万円、ふむ。そんならラモールにするか、花ねずみにするか。姫に行くか。はたまた眉でもエスポワールでも葡萄屋でもどこでも行ける」

これはしめた。今夜はこの田舎から来た後輩におんぶして充分たのしめると、ホクホク顔の恵比須さま。棚から落ちたるボタ餅に天にも昇る心地である。

「いいか。山下。今から連れていくバーは銀座でもAクラスの店で俺の行きつけだ。お前の故郷のスナックなどと同じにしてはいかん。だがAクラスのバーにはそれなりの遊びかたがある。その遊びかたを知らねばホステスたちに馬鹿にされる。まあ、俺のやりかたを、ずっと見て、その通りにすればいいのだ」

そう教えたが本人自身、もう緊張して少し声も上ずり気味。

「いらっしゃいませ」

扉を押せば蝶ネクタイのボーイが恭しく頭をさげ、天井からはシャンデリヤ。壁には荻須高徳の巴里の絵。臙脂のソファにはしかるべき社長、重役風の客たちがホステスにかこまれているのを見て中年、ずっと、気おくれがして、声も出ない。

「こちらにどうぞ」

「ああ」

遊びなれた風を必死で装い、ソファに腰をおろし、出されたおしぼりで顔をぬぐいながら、

「もう二年になるか、この前、この店に来たのは……」

ボーイにそう話しかけた。ボーイ、つめたく笑って、

「二年前はまだここはオープンいたしておりませんでしたが……」

「はて、そうだったかな、いや、この店ができる前、この場所に別のバーがあったろう。その店に来たことがある」

可笑しさをこらえボーイ注文をきいているうちに、ホステス、三人ぐらいそれぞれ席につき、

「いらっしゃいませ、あらこちらさま、おはじめてね。どうぞ、よろしく」

「いや、ここにこんな渋い店が出来たとは知らなかった。うん。これからはチョクチョク、来ることとしよう」

「いつも何処が御贔屓ですの」

「そうだね、眉やエスポワールなどはもう十年の馴染(なじみ)さ。自分の家のようなもんだ。眉のママなどはぼくが行けば、満席でも上衣を持って離さない。ハ、ハハ、弱るよ。それには」

運ばれた水割りを飲み、煙草を横ぐわえにして自分があちこちで顔であるように中年、しゃ

べると、ホステス、はじめは真に受けて、同僚に、

「眉やエスポワールって吉行淳之介先生がよく行かれる店だわ」

と囁くのを聞きつけ、中年、

「おッ、吉行さんもここに来るのか」

「先生を御存知ですの。お客さま」

「御存知もへったくれもあるものか、飲み友だちよ。向うは俺のことを通さん――俺の名は半可通と言うからね――こっちも向うを淳ちゃんという間がらだ。淳ちゃんの言葉に有名なのがあるだろう。膝なぜ三年、尻八年。実はあれは俺が教えてやったのだ」

と得意気に言いちらすと、ホステスたち急にいぶかしげな、妙な顔をしはじめる、折しもすぐ近くの席に吉行淳之介氏が何人か雑誌社の人たちと飲んでいるからである。中年、一向に気づかず、

「淳ちゃんとのマージャン仲間にも妙な連中がいてね。たとえば瞬間湯わかし器の阿川。あの人もここに来るか。会ったらよろしく言ってくれ。いつかの負けはきっと取りかえすとな、ハ、ハハ」

たまりかねて、ホステスは、

「あのォー」

「なんだ」

「吉行ちゃんも阿川ちゃんもあの席にお見えですけど……」

「吉行ちゃんと阿川ちゃんが……」

中年きもをつぶしたが、なお虚勢をはって、

「はて、ふしぎな。あの人たち、二人の幽霊じゃないか」

ホステスたちも愛想をつかし、用にかこつけては一人、去り、二人、去り、残ったのは今日からこの店に勤めたという色の黒い、団栗(どんぐり)のような顔をした女の子だけである。

中年やけ糞になって、

「なんだ。この店は。サービスの悪い。銀座をぐるうっと廻ってもこんな店は二つとないぞ。山下、帰ろう、眉かエスポワールに行こう。俺の行きつけのだ。こんな待遇はしない。女の子もずっと気だてがよい」

わめき散らすのを、当店のママ、急いで席にあらわれ、

「まあ、何を怒っていらっしゃるの。ごめんなさいね。今日はなぜかお客さまが多くて失礼をしちゃいましたわ。さ、御機嫌をなおして……ママがお相手しますから」

となだめにかかると、もとより鼻の下の長い中年、少しずつ籠絡(ろうらく)されて、

「話がわかればそれでいいのさ。ぼくだって野暮天じゃないんだからな。ただささ、眉やエスポワール、姫や葡萄屋、行きつけの店にくらべて、あんまりだと思ったからね」

「ごめんなさいね、そういう一流の店のお客さまが折角、うちに来てくださったのに……」

ママは内心、この馬鹿が、とせせら笑いながら、そこは商売、泣く子をあやすように機嫌をとるのである。

「お名前、なんとおっしゃるの」

「半可さ」

「半可さん。その服いい御趣味ね」

銀座の酒場でほめようのない客には、

「いい御趣味ね」と言うのがホステスの常識だが、中年それを知らず真に受けて、

「なに。それほどでもないが、身につけるものには神経質でね、ナウな感覚にしている。ハ、ハ、ハ」

と周りをみまわし、おのれの趣味の高さを披露しようと、

「ママ、あの壁の絵、巴里だろ」

「そうよ」

「梅原竜三郎の絵か。なるほど。梅原の巴里の絵はいつみてもいい」

「荻須先生の絵ですけど……」

「なに。荻須の絵。そうか梅原の絵ならばいつも山を描く筈だった。ハ、ハ、ハ、ハ。弘法も筆のあやまり。猿も木から落ちる。こちらのシャンデリヤは伊太利(イタリア)製とみたが、当っているだろう」

「そう思ってくだされば嬉しいわ。でも国産なの、ごめんなさい。きっと半可ちゃんは一流好

みなのね」

いささか面目を失した中年、少し、しょげたが、そこは持ち前のずうずうしさ、ここで劣勢を挽回せんものと、店内をきょろきょろ見まわして、

「ピアノもないのか。この店は」

「ピアノ？　ないわ。なぜ」

「ラモールにはね、ピアノがおいてあってね。あそこのホステスたちがぼくに弾け、弾けと言ってそりゃ、うるさい。時々、断りかねて弾くけどね。もっとも興がのればの話だが……」

「半可ちゃん、ピアノをお弾きになるの？」

「子供の時から習っていたからさ。退屈だとこの指がこう……おのずと動くこともある。ハ、ハハ」

と指をポキポキならしながら、

「あっ、今夜はショパンを久しぶりに弾いてみたいぞ。秋になると指がなるぅ」

ママは吹きだしたいのを抑えながら、

「ピアノのほかにどんな楽器をおやりになるの」

「学生時代、ヴァイオリンにも一寸手を出したがね。ギターもやったさ。ギターはかなり弾くね」

「ギターなら、ありますよ」

ママは真顔で中年をじっと見た。

「なに、ギターがある？」

これは、しまったと内心、狼狽して、

「いや、今日はピアノが弾きたい。そういう心境」

酔っているママはさきほどのこともあり、多少、サディステックな気持になって、

「そんなこと、おっしゃらずギターをきかせてよ。山本さん。ギターを持ってきて」

とボーイに命令すると、ボーイは無表情な顔でギターを持ってくる。ママは席から立ちあがって、

「みんな。こちらのお客さまがギターを弾いてくださるそうよ。拍手しましょう」

パチ、パチとあちらの席、こちらの席からホステスたちは拍手し、お客も何ごとならんと向きを変える。

「お願い。弾いて」

中年は顔面蒼白、ギターを押しつけられ、

「これは普通のギターじゃないか。ぼくは電気ギターでないとやらんのだが……」

「そんな、むつかしいことを言わないで……」

もう逃げるに逃げられず、中年、ギターをかかえて、昔うろ憶えに憶えた「禁じられた遊び」の出だしを真赤になって試みたが、もとより目茶苦茶。ホステスも客も白けた顔をして、もう誰も聞こうとはしない。

「ふう！」

重い溜息をついて中年、ギターをかかえたまま、

「ハーモニカだったら」

と泣きだしそうな表情になった。ママはさすがに気の毒になり、

「ほんとね、今度、別のところでハーモニカを聞かせてね」

視線をそらせて呟く。

屈辱にまみれた中年、そっと連れてきた山下を窺うと、意外にも山下はさきほどの団栗のようなホステスと仲むつまじく、

「へえ。君も長崎県」

「西海橋ば知っとるとでしょ。あそこの横瀬浦」

「西海橋なら修学旅行で行ったことのある。あげん大きか橋は生れてはじめて見たもんね、絵葉書ば買うて今でも保存しとるよ」

「長崎は美しかもんね。東京は、ほんとにきたなか」

このホステス、中年のほうをチラッとみて山下の耳もとに口を近づけ、

「あの人、お客さんの友だち」

「先輩だ。十年ぶりでばったり行き合うて、銀座ば案内してもろうとるとね。ぼくは銀座のバーなど始めてだもんねえ」

「好かんとね。わたし、あの人」

「なぜ」

「しらん。虫の好かんとよ。それに銀座のバーなど何が面白かとね。高うて、客はえばって
……あんた、お金、無駄使いしたらいかんとよ」

彼女、同郷の好みも手伝ってか、山下の手をそっと握り、

「今夜、またこれから、あのイヤらしか人とつきあうん」

「いや、別に……約束ばしとらんと」

「ばってん、お好み焼き屋に連れてってよ」

「お好み焼き屋？」

「六本木においしかお好み焼き屋のあるとね。行きましょ」

中年、この二人の会話を途中から聞きつけ、

「なに、お好み焼き屋に行きたい？　それはオツな趣向だ。ぼくなぞもさらりとラモールや眉のホステスを、よく餡蜜や氷あずきを食べに誘う。遊びなれた男のすることだ。よし、行こう。ドッとくりだそう」

山下は困った顔をするし、ホステスのほうは露骨に不快の表情をみせて、

「そっちのお客さんはそっちでいいの、そっちのお客さんはママと遊んでいるといいの」

「なに。のけ者にするのか、のけ者に」

ホステス、山下の耳もとに口をよせ、

「いやらしか。わからんように、あの人ば何処かでまいて、待ってて。この向いの喫茶店で」

中年、この小声を耳にして山下に、

「色男、きたないぞ、きたないぞ」


註。題名の示す通り、これは滑稽本の田舎老人多田爺「遊子方言」を下敷にして現代におきかえたものです。したがって構成その他において田舎老人の「遊子方言」に倣っていることを附記しておきます。

嘘

うすい夕陽がこの私立病院の待合室にまださしこんでいる。長椅子で松葉杖をそばにおいた青年が恋人らしい女と腰かけているほかは誰もいない。

酒井はエレベーターに乗って細君の病室のある四階に昇った。ふるいエレベーターには夕食の配膳車が残した沢庵の臭いがかすかに残り、鈍い軋んだ音をたてた。

病室をそっと覗くとベッドに妻がほそい腕を浴衣の袖からあげて髪をすいていた。同室の女は何処に行ったのか、姿がみえぬ。

昨日、頼まれたティシュ・ペーパーの箱とオーデ・コロンの瓶などを彼はベッドの上に並べた。それから小さな花の鉢を窓ぎわにおいた。妻は黙ったままそれを見つめていた。窓の外はもう夕闇が忍びよって、向い側の建物が灰色に見える。

「注射のあとの痼りが痛くって……」

彼女は医者と看護婦への不平を長々とこぼしはじめた。そんな不平はこの一か月、酒井が会社の帰りに病院に寄るたび、日課のように聴かされたものだった。

「病院も忙しいからね、ほかに病人は何人もいることだし……」

「ここの医者と同じね、あなたも。あなたは本当は冷たい人なんだから」

「何でも悪くとるのは止しなさい。そんな考え方をすれば暗くなる一方じゃないか」

酒井は疲れを感じた。彼は妻のこんな性格も季節の変り目に起きる喘息も、何が原因かを知っていた。喘息の発作を起すようになったのは美津子が小学校の帰り、交通事故で死んでからである。雨の日で小さな傘をさしていたので向うから疾走してきた小型トラックが見えなかったのだ。それは梅雨のむしむしする昼さがりだった。まだその日のことは、みんな憶えている。頭から離れない。

「隣の部屋に高校生の女の子が入ったの」

やがて思いなおしたように妻は、

「今日、廊下で少し話したわ。十七歳だって言っていたから……美津子が生きていたら、今、同じ年の高校生ね」

「なんの病気だね」

「バレーボールをしてて転んで腕の骨、折ったんですって」

窓を夕闇が浸しはじめた。同じ病室にいる中年の女性が戻ってきた。酒井は彼女に挨拶をして椅子から立ちあがった。

暗い灯のともっている廊下に出ると、ラジオの軽音楽がかすかに聞えた。ひょっとすると妻が話をしていた高校生の女の子が聞いているのかもしれなかった。

家に戻ると一人で洋服をぬぎ、一人で着物に着かえた。妻が退院するまで来てくれる家政婦の用意した夕食は毎日、卓袱台に蠅よけをかぶせて置いてある。テレビをつけ、水割りを飲みながら野球の中継を見た。そして交代を命じられた投手のうつむいた後姿から自分の停年の日を連想した。停年はもう間近だった。

テレビを見終ったあと、彼は茶の間の隅に家政婦がおき忘れた芸能週刊誌を所在なく開いた。五十四歳の彼には縁の遠い芸能人たちのゴシップにぼんやりと眼を走らせながら、死んだ娘がもし生きていたならば、こんな記事を面白がったろうかと不図、考えた。勉強が嫌いで流行歌ばかりに熱中していた子である。はしゃぎ屋なくせにやさしい性格で父親の気持をよく察してくれ、決して悪い少女じゃなかった。

もし生きていて、高校生だったら、自分と、どんな話をしたろう。どんな甘えかたをしただろう。

「水泳の好きな女の子です。この夏休み、あつい浜で体を焼き、存分に泳ぐことを今から楽しみにしています。同年輩の高校生のお便り、お待ちしています」

それは読者サロンと題した欄で読者がたがいにペン・フレンドを求めあう頁だった。「相沢利恵、十七歳、高校生、熊本県宇土市寺町」と書いたその名前から彼は陽に真黒に焼け、笑うと歯の真白な女の子を空想した。

娘が今いるならば同じように十七歳である。ひょっとすると彼女も夏休み、黒い顔に白い歯をみせる娘に成長していたかもしれぬ。酒井は美津子がまだ小さかった時、潮干狩りや千葉の海岸に泳ぎにつれていってやった日のことを思いだした。抱いて海に入っていくと、波をこわがって、しがみついてきた小さな腕や乳くさいような、柔らかな頬の感触が痛いほど甦ってきた。ながい間、彼はぼんやりと、その読者サロンを見つめていた。と、ある考えが心にゆっくりと浮かんだ。彼はそんな考えを持ったことが、ひどく照れくさく、恥ずかしかったが、ひょっとするとこの娘が自分の願いを聞いてくれるかもしれぬという淡い期待があった。

「私は五十四歳になる年寄りですが」

酒井は自分が書くであろう手紙の文字を思い浮かべた。

「妻は四十九歳です。ずっと昔に一人娘を事故で亡くしました。その後、子供がほしかったのですが私たちの間にはできなかったのです。

娘が生きていれば、今、あなたと同じ年齢の高校生の筈です。あなたと同じように、夏休みを海やプールで泳ぎまわっている健康な子供に成長していたかもしれません。今日、何気なく週刊誌であなたの便りを見ていると、娘のことが思いだされてなりません。時々、私と妻にお手紙をくださらないでしょうか。学校のことでも、友だちのことでも何でも書いてください。娘のかわりに手紙がほしいなどと言えば変な年寄りだとお思いでしょうがお父さんやお母さんに話して頂けば、一人娘を失った親の気持はわかってくださると思います。決して御迷惑はかけません……」

彼は手紙の文字を頭のなかに一字、一字、浮かべながら思わず苦笑した。いい年をして、何ということを考えるのだろう。もしその娘が手紙を受けとったなら、それだけで薄気味わるく思うにちがいなかった。あるいは馬鹿にしたように笑って親や友だちに見せまわった揚句（あげく）、紙屑籠（かみくずかご）に捨てるにちがいなかった。

だが――

だが結局、彼は手紙を出してしまった。自分でもなぜ、そんなことをしたのか、わからない。会社から妻の愚痴を聞くために病院に寄り、病院から、一人住いの家に戻るわびしさが、そうさせたのかもしれぬ。あるいは妻の暗い表情を見るたびに、こみあげてくる悲しみがそう、させたのかもしれぬ。五十四歳という人生の秋に近い年齢が、かえって彼を大胆にさせたのかもしれぬ。

郵便ポストに手紙を入れた時、遠い底でコトというかすかな音がした。この音は妻と二人っきりの長い平凡な生活を始めて破った音だった。その時彼は自分がひどく、みじめなことをしたような気さえした。

妻には何も言わなかった。だがそのくせ、毎日、病院から家に戻る時、酒井は齢に似あわぬ胸のときめきを――死んだ娘が家で待っているような期待さえ持ったのである。

返事は来なかった。郵便箱には彼の年齢にふさわしいパンフレットや広告や封書が放りこまれてあるだけだった。あの手紙はおそらく、何処かで読まれ、何処かで破られ、何処かに捨てられたにちがいなかった。

ある夕方、夕立がふった。病院で彼はその雨がやむのを待つために、いつもより長く妻の愚痴とつき合わねばならなかった。

夕立が通過し、病院前の濡れた坂道をおりていくと、そこから灯のうるんだビルや家々が見おろせた。ひとつ、ひとつの窓に自分と同じような生活がある。なんの取柄もなく、平凡そのものだった五十四年間の自分の人生を酒井は諦めをもって考えた。

家に戻り、何気なく郵便箱に手を入れると、ヒヨコの絵を印刷した封筒が出てきた。横書きの稚拙な字で彼の住所と名前とが書かれ、裏には熊本県宇土市寺町という住所と相沢利恵という名前とが小さく、恥ずかしそうに並んでいた。

靴もぬがず、玄関に腰をおろしたまま、彼はその封筒を切った。

「おじさん。びっくりしました。まさか、おじさんのような人から返事がくるとは夢にも考えなかったんです。でも読んでいるうち、おじさんの気持がじんときて、よくわかったです。親って有難いなあ、と考えてしまいました。もし私が死んだら、私の父母もおなじように何時(いつ)までも子供のことを考えるのかしら。

しかし私はまだまだ死にそうもありません。親から笑われるほど丈夫なんです。水泳だって男の子に負けません。でも勉強はあまり好かんとです。数学も苦手です。数学がこの世になかったら、どんなに幸福か、と思っています」

酒井は肉の少しこけた頰に微笑を浮かべながら何度もその手紙を読みかえした。着物に着かえ、家政婦がつくった夕食を食べながら、一杯の水わりの氷の音をコロ、コロといわせて味わいながら、この手紙をまた読みかえした。ほのぼのとした暖かい気持が胸に拡がった。五十四歳の年寄りの頼みを聞いてくれた十七歳の女の子の優しい気持が嬉しかったのだ。

この夜、彼は卓袱台に便箋をおき、この間と同じように万年筆を走らせた。静かな夜で遠くで時折電車の音が聞えるだけだった。相沢利恵に返事をしたためながら彼は死んだ娘に話しかけているような気がした。

「健康。健康。何より健康。だから数学が一寸ぐらい出来なくても良いとおじさんは思います」

寝床についてからも酒井は倖せな、落ちついた気持を味わうことができた。書きおえた封筒を枕元において明日、忘れずに投函しようと思った。

だが翌日の夕方、いつものように病院にでかけた時、彼は何故か、自分のやったことと、相沢利恵から返事をもらったことを、妻に率直に話せなかった。なぜかわからない。ひょっとすると年甲斐もないと馬鹿にされるかもしれない。そんな気がしたのである。

「あなたは、今日、いつもと違うわね」

妻は帰りがけに彼に急に訊ねた。

「いつもと違うわよ」

その言葉を聞いた時、酒井は彼女にもまだ夫の表情に注意するほどの関心が残っているのだな、と思った。しかしそれは何か重苦しいものを彼の心に与えた。

「そうかね、別に何もなかったけれどね」

と酒井は視線をそらせて答えた。まるで彼が妻にかくれて、恋人でも作ったように……。

こうして五十四歳の男と十七歳の女の子との間にひそかな手紙の交換が続いた。

利恵の手紙はいつもヒヨコやキューピーの絵を描いた便箋が使われていた。封筒にも同じような絵が書いてあった。酒井の手紙にはコクヨという字が印刷された平凡な便箋に、大きな字が律義に丁寧に書かれていた。

利恵の手紙にはいつも学校のこと、友だちのこと、試験が嫌で嫌でたまらないこと、三浦友和のこと、そして最近、ウクレレとバレーボールをやったこと、などがのべられていた。

そして彼女は酒井のことをいつの間にか「足ながおじさん」と呼びはじめた。自分たちの手紙の交換が、最近読んだ足ながおじさんの話にそっくりだと言うのだった。

「友だちにおじさんのことを、きっとステキな人だと言いました。背が高くて、金持で、利恵が今度、東京に行ったら宝塚なんか見せてくれて、あとで案内してくれるような足ながおじさんなの。おじさん、宝塚、好きですか。ベルばら見ましたか。今、東京では風と共に去りぬをやっているのです。見たいな、今度、おじさんの写真を送ってください」

煙草に火をつけて酒井は眼をしばたたいた。彼は青年の頃から宝塚など観劇したこともない。「ベルばら」も「風と共に去りぬ」も知らなかった。酒井が持っていた趣味といえば、たった一つ、下手な尺八を吹くことぐらいだった。それも美津子が死んでから、一度もやったことはない。彼は心のなかで小さく呟いた。

「おじさんは……背が高くもありません。むしろ低いほうです。金持でもありません。でも、いつか、利恵君が東京に遊びに来ることがあったら、宝塚ぐらい見物させましょう」

翌日、彼は会社で女の子たちに「風と共に去りぬ」はいつまで、やっているのか、と訊ねてみた。

「あら、課長さんが宝塚なんて御覧になるんですか」

女の子たちは可笑しそうに酒井の顔を見あげた。彼も思わず苦笑して、

「親類の子にせがまれたんだ」

「切符が手に入りませんわ。みんな行列して買っているんですもの」

会社の帰り、彼は日本橋の大きな文房具店に寄って女の子むきの万年筆を買った。そして、それを相沢利恵の住所に送るように店員に頼んだ。彼女の手紙を見ると、使っている万年筆が傷んでいるような気がしたからである。

「風と共に去りぬの切符は東京でもなかなか、手に入りにくいようです。だから、そのかわり、万年筆を送ります。おじさんも使っている万年筆です。なかなか書きやすいです。これを使って試験にいい成績をとってください」

彼は美津子がもし生きていたら、父娘して、同じ形の万年筆を使ったかもしれぬなどと思った。

文房具店に寄ってから、駅の階段を登っていると突然、頭に痛みが走った。階段の壁に靠れて彼はその烈しい痛みに耐えた。学生らしい青年が、

「どうか、しましたか」

と声をかけてくれた。いいえ、大丈夫です、と彼はくるしそうに微笑して黙っていた。痛みがようやく通りすぎてから、やっと電車に乗ることができた。

会社の診療室で翌日、医者に診てもらった。

「血圧が……相当、高いですなあ」

と医者は酒井の腕から血圧計をはずしながら言った。

「私は……低血圧のつもりでしたが……」

「低血圧が五十すぎてから高血圧になる例がよく、ありますよ、お幾つでしたか」

「五十四歳です」

「じゃあ、体質が変ったと言えなくもありませんな。百九十に百は相当、高いですから注意してください」

いつものことだが、この時も自分が年とったものだと言う感慨が、時雨のように胸をさっと横切った。足ながおじさんか、と彼は窓に眼をやって相沢利恵の言葉を思いだした。

相沢利恵との文通がはじまって三か月ほどたってから思いがけないことが起った。熊本に会社の取引先ができて出張することになったのである。

それは妻が退院する一週間前のことだった。あれほど不平を言っていた病院の新しい治療が効いて、発作もそれほど起らなくなったが、医者は季節の変り目が終わるまでは自宅に戻らぬよう命じていたので退院ものびのびになっていたのだった。

「出張だよ」

と彼は出発の前日、病院に寄った時、妻につげた。そして平生は仕事の話などできるだけ口にしないにかかわらず、新しくできた取引先との関係まで説明した。

「何日、行っていらっしゃるんですか」

いつになく浮き浮きした彼をじっと妻は見た。

「二日。いや、都合によっては三日になるかもしれない」

「まるで遠足にでも行くみたいに楽しそうね」

彼は敏感な妻が何かに気づいたかと思って口を噤んだ。利恵との文通を妻は知らない。もちろん、知れたところで、彼女が怒るべきようなものではなかった。だが酒井は三十七歳もちがう少女と優しい手紙を交換していることを誰にも知られたくなかったのだ。それは彼のつまらぬ毎日のなかでたった一つの慰めだった。陽に黒く焼け、白い歯をみせて笑う少女、そんな健康な女の子に寄せる父性愛に似た気持を他人に話したくはなかった。

出張がきまった夜、彼はすぐ利恵に手紙を書いた。地図でみると宇土市から熊本市まではそんなに遠くないようだ。自分は熊本の何処に泊るかわからないから、取引先の会社に電話を入れてくれないか、そんな内容の手紙だった。

書きながら、酒井は仕事がすんだあとその利恵をつれて一日、天草を見物しようかと考えた。熊本から天草までは日がえりで往復できる。彼女と青い海にかこまれた島々を遊覧船でまわる自分の姿が眼に浮んだ。波が船にぶつかり、白く砕け、甲板にもたれた二人は仲のいい親子に見えるだろう。美津子がもし生きていたならば、きっとそんな光景も自分の人生にはあった筈だ。

出発の朝、彼は羽田の飛行場で利恵のためというより彼女の家に土産物を買った。文通を許してくれる向うの両親に礼を言いたかったからである。

飛行機が阿蘇の上空で少しゆれたが、まずまず快適な旅だった。熊本の飛行場には取引先の社員が迎えに来てくれていた。

「宇土から電話はかかりませんでしたか」

その社員に訊ねると、

「いいえ」

と首をふった。

夕方まで取引先との折衝で忙しかった。利恵からの電話はなかった。ふしぎだった。

やっと話合いが終って、それから雑談が始まった時、受付から連絡が入って、

「宇土からお客さまがお見えです」

と知らせてきた。

「一寸、失礼」

酒井は部屋を出て一階の受付までおりた。受付の椅子に夏のセーラー服を着た女子高校生がチョコンと腰かけていた。酒井が想像していたような、陽に黒く焼けた、眼の大きな女の子だった。

「ああ」

と彼はある感動さえ覚えながら言った。

「よく来てくれましたね」

「わたくし……」とその少女は困ったように彼を上眼使いで見ると、

「利恵ちゃんじゃないです。利恵ちゃんの友だちなんです」

「友だち?」

「あの……手紙ば頼まれて持ってきたとです。利恵ちゃん、来れんかったから」

彼女はおずおずと一通の手紙を鞄のなかから取り出して、酒井に手わたした。

「利恵ちゃんが……ごめんなさいって」

それから彼女はピョコンと頭をさげると、兎が逃げるように玄関を出ていった。

彼は受付の椅子に腰かけてそのヒヨコの絵を印刷した封筒を切った。そしてヒヨコの絵を印刷した便箋をとり出した。

「おじさん。ごめんなさい。おじさんが折角、熊本まで来られたのに私は行けなかったことをごめんなさい。私が行けなかったのは学校があったからではないんです。用事があったからでもないんです。もし行けるものなら、飛んで行きたかったです。私が行けないのは別の事情からです。

おじさん、二年前、私はおじさんの娘さんと同じように交通事故で脊髄障害になり充分に歩行できなくなりました。もうみんなと同じように泳いだり、バレーボールをやることもできなくなったのです。歩くことは松葉杖をつけばできますが、色々なことで皆の助けを借りるようになりました。はじめの頃は毎日、泣いてばかりいましたが、今は強く生きようと考えています。

でも時々、ふっと寂しくて、辛くて、昔のように海で泳いだり、浜で走ることを考えます。泳いだり、走ったりできるもう一人の自分のことを考えます。そのもう一人の自分が週刊誌にあんな元気そうな手紙を出したんです。そして手紙のなかでだけ、丈夫で健康だった昔の自分になりたいと思ったんです。

そしたら、おじさんから手紙が来ました。おじさんの淋しさが自分の淋しさと一緒になってじんと来たんです。おじさんと文通してからも、何度も自分の嘘をあやまろうと思いましたが、おじさんの夢をこわしたくなかったんです。おじさんの夢のなかで、泳いだり走ったりできる女の子でありたかったんです。

でも、いつも悪いことをしているような気がしてあやまらなければならぬと思っていました。しかし、こんなに早くその日が来るとは思いませんでした。松葉杖をついたまま熊本に行くことはできますが、しかし、おじさんにそんな姿で会いたくないからやめます。おじさんの夢のなかで私は、色が黒くて歯の白い女の子なのですから。この手紙を親友の坂本さんにもっていってもらうことにしました。彼女は自分の口から言うべきだと反対したけど……」

酒井はその手紙を膝においたまま、眼を何度もしばたたいた。そしてその手紙をポケットに入れて、応接室に戻った。

「いかがです。御夕食でも御一緒に」

と取引先の相手が言った。

「天草という魚のうまい店に御案内したいのですが……」

天使

うまれつき、オッチョコチョイの性格でか、鹿田二郎は人をかつぐのが大好きだった。と言って、そう他人を本当にだましたり、傷つけることもできない男だったから、彼が人をかつぐと言ってもしれていた。学生時代、二郎は青山にある手品教室に通って、かなり色々な手品を憶えたのもその性格のためである。

彼の楽しみは仲間たちの前で、一度、ポケットに入れた筈の煙草を次から次へと指の間に出してみせることだった。あるいは掌中に色つきのハンカチを押しこみ、それを造花に変えてみせることだった。クラスメートの連中が一向にネタに気づかず、ポカンと口をあけているのを見ると、鹿田二郎はたまらなく優越感にかられた。

だが人の好いところもあって、女子学生からせがまれると、つい、その種あかしを一つ、二つ、教えるのが彼の欠点でもあった。

女子学生たちはハイキングやパーティの時、ほかの男の子には声をかけなくても彼を誘った。彼女たちにしてみれば、二郎はそんな集りに手品をやってくれる無料奉仕の芸人にすぎなかったのだが、彼は愚かにも自分は女の子にモテるのかしらんと思っていた。

しかし卒業まで、彼女たちの誰一人として二郎にヴァレンタイン・チョコレートをくれた者はなかった。

大学を卒業すると、彼は今の会社に入社した。冷暖房の器具を製造、販売する会社である。

卒業成績のそう良くない男だったから、はじめから大手すじなど受けなかった。

どんな会社でも女子社員が虎視眈々と新入社員を狙っている——とこの会社にいる大学の先輩の田川に聞かされて、胸おどらせながら出社したのだが、彼が放りこまれた庶務課で引きあわされたのは、もうとうが立ったような女子社員と、あとはそれほどとりえのない二人の女の子だった。

だが、とうが立ったような女子社員は初めの日から、ひどく愛嬌があった。

「うわー。嬉しいわ」

と彼女は二郎が入社の挨拶をすると大仰に叫んだ。

「なんて風の吹きまわしかしら。この庶務課には若い、ピチピチした男の子は来ないものね。うちでは新入社員はみな営業や販売に行くのが普通ですもの」

彼女は気さくなパン屋の姉ちゃんと言った声と、満面これ笑顔で二郎を迎えてくれた。ほかの女の子も先輩の男子社員も苦笑してその彼女の熱烈歓迎ぶりを見ていたが、その苦笑にはまたかと言う表現と、このおばちゃんなら仕方ないやという気持とが、まじっているように見えた。

「わたしに出来ることがあったら何でも言ってちょうだいね。手伝ってあげるから」

と彼女はあてがわれた机に腰をおろした二郎に人のよさそうな顔で言った。

「愉快な人ですね」

と、その夕方、田川に飲屋につれていかれた時、二郎は今日の経過を説明した。

「ああ。渡辺クミ子か」

と田川はニヤッと笑って、

「あいつは安心さ。大体、女子社員の多くが新入社員に親切にしたら――こいつは引っかからんように気をつけたほうがいいが、あの渡辺クミ子なら心配はいらんよ」

「なぜですか」

「ありゃア、少し間のぬけた世話やき姉ちゃんにすぎんからさ。いるだろ。どこにも。こちらが頼みもしないのに、助けてくれたり、おせっかいをやいてくれる女が。あれだよ、彼女は」

「じゃ。天使みたいな人ですね」

「天使か」

先輩の田川は唇についた麦酒(ビール)の泡を掌でぬぐいながら苦笑して、

「天使も格が落ちたもんだな」

と蔑(さげす)むようにつぶやいた。

入社して一か月ほどたつと二郎も少しずつ会社に馴れてきた。渡辺クミ子は相変らず人のよさそうな顔で、まめに世話をやいてくれる。世話をやいてくれると言っても、

「はい、お茶」

と言って、午後三時頃になると、お茶を入れてくれたり引出しから飴の鑵を出して、そっと手渡してくれるようなことである。あるいは出社してみると、ちゃんと机の上に芯のとがった

鉛筆がそろえてあって、向うから彼女がニコーッと笑ってみせることもあった。

ほかの女子社員から同じことをされたならば、用心したかも知れなかったが、相手がクミ子だと気も楽だった。第一、彼女は二郎だけでなく庶務課の男性すべてに気さくで、世話やきだったからである。

二か月目に庶務課だけの親睦会が会社にちかい鰻屋で開かれた。課長がおハコの「赤い靴、はいてた」を歌い、他の男女社員もそれぞれ、かくし芸を披露した。クミ子は自分の故郷の花笠音頭を歌って、おどった。

最後に二郎の番になった。彼は課長からネクタイをかしてもらい、そのネクタイを鋏で切って両手の掌に入れた。掌のなかから赤い造花が出てきた。びっくりしている社員たちは更に、切った筈のネクタイが元通りになって二郎のポケットから出現したので仰天した。

「一体、君は」

と課長は上機嫌でたずねた。

「どこで、そんなことを覚えたんだい。今度、重役たちの前で是非、みせてあげなさいよ」

みなはネタを教えてもらいたがったが二郎は教えなかった。彼は大得意だった。

二郎は催眠術を習おうと思った。というのは尊敬する手品師引田天功氏が催眠術を観客にかけて拍手をあびているショーをテレビで見たからである。

冬の忘年会までに、もし、この術を覚えて、たとえば席上で渡辺クミ子にかける。そして彼女にさまざまなことをさせてみたら、どんなに皆がびっくりするだろう——そう思うと、それだけで、胸はワクワクとした。

スポーツ新聞の広告欄に、「催眠術、指導」という広告が出ていた。彼はそれを切りぬいてポケットに入れ、退社したあと、青山の小さな研究所まで出かけていった。

研究所は小さなマンションの三階にあった。ポリバケツのおいてある小さな階段を登るとすり硝子(ガラス)に山下催眠術研究所と八つの文字が書かれていた。そっと扉をあけてなかを覗いた二郎は新聞を読んでいる中年の男と眼があった。

「あのオ……」と二郎は小声でたずねた。「広告を見てきたんですが」

くたびれた洋服にくたびれた顔をしたその中年男はゆっくり新聞をたたむと、

「催眠術を習いに来られたのですね」

と答えた。そして印刷してある申込書に氏名、年齢、職業を書かせ、授業料を払わせた。

この日から山下先生と向きあって催眠術を勉強しはじめた。二郎としては早く実技を習いたかったのだが、先生は彼に一冊の本を買わせ、むつかしい理論をながながとのべた。ながながとした理論が終ってから、ようやく実技に入った。

催眠術とは、結局、言葉の魔術であることが二郎にもだんだん、わかってきた。両手を前にのばし、その真中を見ていると誰でも手が寄ってくるものである。その時、それを更に促すような言葉を次々とかけてやる。言葉に引きずられて両手は更に近より、あるいは近よった後、開いてくる。そうなれば、しめたものだと山下は言った。

一週間ほど、理論と実技の初歩段階を習ってから、先生は一人の女性を二郎に紹介した。

「今まで習った通り、この女性にやってごらんなさい」

女を椅子に坐らせ、そのそばに立って二郎は、

「もっと、もっと両手が近よります、ほうら、近づいてきたでしょう。今度はその手が重くなってきますよ。重くて下にさがってくるのです」

と先生と何度も復習した通りやった。驚いたことにその女性は二郎が誘導する通りに手を動かし、やがて首を横にそらせ、催眠状態に入ってしまった。

「どうです。君もできるように、なったでしょう」

自分でも自分の力にびっくりしている二郎に山下先生は得意気に言った。

「しかし、これはまだ初心者の段階です。もし、これ以上、勉強したい気があるのならば中級の指導をやりますが」

「中級と言いますと?」

「たとえば催眠状態に入れて、さまざまな幻覚を与える勉強です。野原で花をつませたり、鳥になって空中を飛ぶようにさせたり」

それこそ二郎が今度の忘年会で上司の前で披露したい技術だった。

「おねがいします。もっと勉強したいのですが……」

するとと山下先生はくたびれた顔に小ずるそうな笑いをうかべて、

「そうすると……別に中級指導の授業料を頂かねばならんのですがねえ」

と言った。


四か月、このささやかな研究所に通ったおかげで二郎は大体の催眠術を覚えることができた。

「いいですか。催眠術は、決して、悪用しちゃあ、いけませんよ」

と山下先生は最後に注意を与えた。

「悪用って何ですか」

「つまり、この術を使って悪いことをすることです。たとえば女の子を裸にしたりするのは決してやってはいけません。もっとも催眠術は相手が恥ずかしいと思うこと、当人のモラルに反することは決してかからぬのですが……」

「先生。ぼくは悪用はしません。大丈夫ですよ」

二郎は決して邪(よこしま)な男ではなかったから素直に先生の注意を承知した。

彼が催眠術を習っていることは庶務課の誰も知らなかった。二郎自身が口にしなかったからである。こういうことは黙っておいて忘年会の席上で突然、実演してみせるほうが効果のあることを彼はよく承知していた。

会社の仕事もすっかり馴れてきた。彼は営業にいる早瀬早苗という女の子にちょっぴり心ひかれはじめていたから、会社に行くことが楽しかった。

早苗は時々、庶務課にやってくる。彼女の高校時代の友人である内村陽子がいるからである。早苗が部屋に姿をあらわすと二郎は顔に陽をあてられたようにまぶしく、思わず、うつむくのであった。

彼のそんな変化にいち早く眼をつけたのは渡辺クミ子だった。

「あら、あら」

とある日、早苗が庶務課に姿を見せた時、クミ子は可笑しくてたまらないと言うように二郎の顔を見て、からかう仕草をした。彼は顔をあからめて横を向いた。

だが、それだけではなかった。彼がその日退社しようとしてエレベーターの前で立っていると、うしろから帰り支度をしたクミ子が追いかけてきた。

「ねえ。途中まで一緒してもいい」

「いいですよ。もちろん」

「あなた、早瀬さんのこと、好きなんでしょ。ちゃんと、わかってるんだから」

「好きだなんて。ただ、可愛い人だな、と思っただけです」

「かくさなくてもいいの。ね、助けてあげようか」

なんと世話をやくことの好きな女だろうと二郎は少しびっくりしてクミ子の顔をみた。クミ子は人のよさそうな顔をほころばせて、一人でうなずいている。

「でも、ぼくは特に……」

正直なところ、二郎は別に助けてもらいたいとも思わなかった。早苗を好ましい娘と思ったが、だからと言ってまだ恋人になろうとか、結婚したいとまで考えているわけではない。いくら男だって誰かれ区別なく惚(ほ)れるわけではないのである。

だがクミ子はまるで弟の面倒をみる姉のように一人、うなずきながら、

「遠慮することないわよ。わたしって、他人(ひと)を倖せにしてあげるのが大好きなんだから」

二郎は有難迷惑だったがクミ子を傷つけるわけにもいかないので黙っていた。

「わたし、これでも会社のなかで何組か、恋人をつくってあげたのよ」

と自慢するクミ子を見て彼はこの人はやっぱり天使じゃないかと思った。天使とはわが身を顧みず、他人のために尽す存在かもしれなかった。

その数日後から早苗は庶務課にくると、彼のほうをチラッと見て顔をあからめるようになった。もちろん、それを彼は自分の眼でたしかめたわけではない。クミ子がそう言ったのである。

「わたし、それとなく、彼女の友だちの内村さんに教えたわよ。あなたの気持を」

と彼女はニコニコしながら、

「女っておしゃべりだから当然、早瀬さんに彼女、話しているでしょ、だから早瀬さんが顔を赤くするの……脈がある証拠だと思うんだ」

そう言われると二郎も満更ではなかった。自分をチラッと見て顔をあからめる女の子が会社にいるのは決して悪い気持ではなかったからである。

だが、そのうちに妙なことになりだした。早苗が前ほど庶務課に姿を見せなくなったのである。のみならず、彼女は書類を持ってあらわれても、軽口も無駄話もせず、すぐ部屋を出ていくのである。

(どうしたんだろう)

彼はクミ子にそれとなく、この理由を調べてくれと頼みたかったが流石に言いかねた。言いかねていると、クミ子のほうから、

「ふしぎねえ。早苗さん、近頃、庶務課にあらわれないわね。どうしたんでしょう」

とある日、廊下で彼に話しかけてきた。

「わたしがやり過ぎたのが悪かったのかしら。あなたに申しわけなくて」

「別に気にしていませんよ。もともと彼女とは口をきいたこともないんですから」

二郎は仕方なくそう答えざるをえなかった。ただ自分が出すぎたために、かえって彼に迷惑をかけたことをすまなそうにしているクミ子を見ると、彼女を恨む気にはなれなかった。

秋が終り、冬が駆け足でやってきた。かねてから待っていた忘年会が今年は張りこんで銀座の中華料理屋で行われた。徳利やビール瓶が忙しげに動く頃になると庶務課の全員はすっかり

陽気になっていた。女の子たちのグループのなかでひときわ人の良さそうな笑い声をあげているのは渡辺クミ子だった。

「課長、このあたりで、お得意の」

と誰かが叫んだ。

「赤い靴、はいてた、が出ませんか」

みんなが拍手をして課長が歌いはじめた。それがすむと、一人、一人が上手とはいえぬ声をはりあげたり、かくし芸をやった。

「鹿田君。あの手品を見せてくれんかね」

二郎は課長に促されると、きちんと正座して、

「はい、今日は手品でも人間を使ったのをやります。どなたか——女の方で——そうだ。渡辺さん。相手をしてくれますか」

「わたし？　わたしが」

とクミ子は大げさに困った身ぶりをみせたが皆が手を叩くと、少し、よろめきながら二郎の席まで歩いてきた。

「一体、なにをすればいいの？」

「どなたか、椅子を持ってきてください」

運ばれてきた椅子にクミ子を腰かけさせると彼はそのうしろにまわって軽くその肩に手をか

けた。それから彼女に手を組みあわせてもらって、その一点を凝視させ、

「五つ、四つ、三つ、二つ、はい、一つ」

と声をかけた。

みんなは何がはじまるのかとびっくりして注目している。間もなく彼女が催眠状態に入った時、溜息とも吐息ともつかぬ声が周りで洩れた。

「眼のなかに赤いものが見えてきます。赤いものが見えてきたら右手を動かしてください」

と二郎は深い催眠状態に彼女を入らせておいてから幻覚を与えた。クミ子はやがて言われた通りに手を動かした。

「あなたは今、空をとんでいます。とっても気持がいいのです。あなたは小鳥になりました」

と、彼女は椅子からゆっくり立ちあがった。クスクスという笑い声がみんなの間から洩れる。

「野原が真下にあります。そこへ、おりましょう。さあ、花のさいている野原です。花をつみましょう」

クミ子は右手を下にさげ、花をつむ恰好をした。そして二郎の言うままにその手を鼻にちかづけ、匂いをかいだ。

「あ、蛇だ！」

突然彼が叫んだ。クミ子ははッとしたようにあとすざりをする。

「では五つ、数えると、あなたはとてもいい気持で目がさめます。ひとつ、ふたつ……いつつ」

キョトンとした顔で目をあけた彼女はまだ自分が何をしたのか、わからぬようだった。拍手の音と、

「やるなア」

「驚いたわ」

という声が起った。二郎は嬉しく、得意になって頭をさげた。自分でもこんなに成功するとは思えなかったのである。

「アンコール、アンコール」

と誰かが叫んだ。

「もう一度、見せてくれ」

「もう一度ですか」

実はその声を二郎は待っていたのである。一度、催眠術にかかった相手は二回目から面倒な手続きをしないでも、すぐ催眠状態に入るのだ。彼はすばやく、クミ子の肩に手をおいて、

「さっ、催眠状態になる」

と強い口調で命令した。瞬間、彼女の首が前にたれ、さっきと同じように眠っていた。

「今度は五つ数えたあと、目がさめて、普通と同じ状態になりますが……ぼくが咳をすると、あなたはトイレに行きたくなります」

少し下品かな、と思ったが忘年会のショーだからこれくらいの悪戯は許されるだろうと考え

て、彼はゆっくり数をかぞえた。

ふたたび眼をさました彼女はキョトンとして、

「あたし、どうなったの」

と言い、皆の笑いをかった。二郎が咳をすると、彼女は椅子に腰かけキョロ、キョロしていたが、

「ああ、顔、洗ってくるわ。まだボーッとしているから」

と口実をつくってハンドバッグを手にとると部屋を出ていった。笑い声が部屋じゅうに拡がった。あきらかに彼女はトイレに行ったからである。

忘年会が終ったあとも二郎はみんなから誘われた。二次会には課長や先輩たちと小さなスナックに行ったが、ここでも、

「驚いたねえ。いつ覚えたんだい」

「ありゃあ、便利だねえ。役にたつよ」

とひとしきり話題になった。二郎はすっかり課の人気者になったのである。

クミ子は二郎から催眠術にかけられたことを別に怒っている様子もなかった。怒っているどころか、むしろ逆に、

「とってもいい気持だった、今度もまた、何かの時、実験台になってあげるわ」

と姉が弟をほめるような口調で言うのだった。そんな人の好いクミ子をあの席でトイレなど行かせたのは悪かったなあ、と二郎は思った。

忘年会が終り、年が改まった冬の午後、クミ子が仕事をしている彼に、

「鹿田さん。一寸、来て」

と廊下にそっと連れだした。

「何の用ですか」

「あのね、朝から頭痛で困っているの」

とクミ子は額を指で押えて、

「頭痛薬を飲むと胃が悪くなるから嫌だし……あの催眠術で治してくれないかしら」

「催眠術で?」

「ええ、忘年会の時、あなた、催眠術で肩のこりや頭痛も治せるって言っていたでしょ」

「そりゃ、そうだが、ぼくみたいな初心者じゃ自信がないな」

「ね。たのむわ。困っているの」

いつもニコニコとしている彼女が顔をしかめているのを見ると、二郎は可哀そうになって、

「できるか、どうか、わからないけど」

そう言って空いている応接室に彼女を連れていった。椅子に腰かけさせ催眠状態に入らせてから、

「頭がさっぱりしますよ」

とくりかえし、力強く暗示して覚まさせた。眼をあけた彼女は間もなく晴れ晴れとして庶務課の部屋に戻ってきた。

「みんな、聞いて」と彼女は昼休みにあちこちで吹聴(ふいちょう)した。「鹿田さん、わたしの頭痛を催眠術で治してくれたのよ。本当よ。びっくりするくらい」

二郎は自分でも自分の術の力が信じられなくてどぎまぎしたが、クミ子の爽やかな顔をみると信じざるをえなかった。

それ以後、クミ子は時々、昼休みなどに彼に催眠術をかけてもらうようになった。おかげで肩のこりが取れたとか、足のむくみが引いたとか嬉しがって、チョコレートや飴の小さな罐を持ってきてくれた。

「ねえ」

と彼女はある日、少し恥ずかしそうに口ごもって、

「鹿田さんの催眠術で便秘が治らないかしら」

と小声で言った。

「実は明日の日曜、静岡の叔父のところに行くの。わたくし、場所が変ると、すぐ便秘して、あとが苦しいの。もし良かったら今日、社の帰りにわたしのアパートに来てくれないかしら」

「アパートに行くんですか」

「そうなの。恥ずかしくて人には言えぬことだもの。でもそのお礼に洋酒をあげるわ。誰にも黙っていてね」

クミ子ならたとえ、そのアパートに行っても安心感があった。年上の気さくな従姉の家に出かけるような感じがしたし、それに女の一人住む部屋も一寸のぞいてみたい気がした。スコッチを一瓶もらえると言うのも魅力だった。

退社したあと、皆にわからぬように地下鉄のホームで落ちあって、それから参宮橋にある彼女のアパートに出かけた。小綺麗(こぎれい)にすべてが整頓されていて窓ぎわには花の鉢がいくつも並んでいた。

「便秘なんて本当に色気ない話ねえ。だから、わたくし、お嫁に行けないいんだわ」

「でも、人間だもの、仕方ないですよ」

「鹿田さんだから安心して、こんなこともお願いできるのね」

彼女は二郎に言われるままに催眠状態に入った。二郎はその彼女を仰向けに寝かせた。スカートが少しめくれて腿(もも)の一部が見えた。そのスカートの上から柔らかなお腹に手をおいて、

「明日は快便、気持よく出る」

とくりかえし暗示したあと、目をさまさせた。キョトンとして起きあがった彼女は、

「何て暗示してくれたの」

とたずねた。

「たくさん出るように、と言いました」

「嫌だわ」

さすがに彼女は顔を赤らめたが、ウイスキーの瓶をとり出して彼に手わたし、

「持ってかえる？　ここで飲む」

とたずねた。ここで飲むと言うと、彼女はすぐにコップを出し、チーズをうすく切って皿におき、

「おつまみをすぐ作るから、飲みながら、これで遊んでてくださる」

と妙な玩具を出してきた。小さな硝子箱の底にたくさんの穴があいていて、そこへ仁丹(じんたん)の粒のような銀の玉をひとつずつ入れる玩具だった。

「こんなの、お好きですか」

「好きよ、一人ぐらしで退屈した時、遊んでいるの」

こうして彼女が何かを作っている間、二郎はウイスキーを飲みながらその玩具をいじっていた。なかなか玉が穴に入らない。頭があつくなってくる。しばらくするとクミ子がそばに寄ってきて何げなく、

「それをやっていると妙なの。段々、頭がボーッとしてくる感じがしない？」

と言った。たしかに頭がボオーッとしてくる気持がするのだ。

「ふしぎでしょう。まぶたが重くなってくるわよ」

二郎はかすかにうなずいた。

「まぶたが重くなって眠くなってくるわよ。まぶたが」

しばらくして、ふと気がついた時、眼の前に自分をじっと見つめているクミ子の顔があった。クミ子の唇のあたりに、うす笑いが浮んでいた。

「ぼく、どうしたの」

彼は驚いて首をふった。何分か、何十分か、意識がなかったような気がしたからである。何かをして、何かを聞いたような気がするのだが、よく、思いだせない。

「別に。ただ、ぼんやり黙りこんでいたわ」

「催眠術にかかったみたいだった」

クミ子の頰にまた、うす笑いが影のように浮んだが彼女はそれ以上、何も言わなかった。

それから一年後、二郎は渡辺クミ子と結婚した。なぜ年上のこの女と結ばれるようになったのか二郎自身にも判然としないのである。彼女の人の好さに少しずつ心引かれたのか、あるいは世話をやいてくれる姉のような性格が心地よかったのか、自分でもわからないのだ。

だがふしぎなことには結婚してから、クミ子は二郎の催眠術に少しもかからなくなった。催眠術の本には、家族はかかりにくい、と書いてある。あまりに馴れあった仲では術の効果はないと言うのだ。

「妙だなあ」

と二郎が幾回かクミ子にむなしく試みたあと、残念そうに言うと、彼女はじっと彼を見た。

この時もその頬にうすら笑いが浮んで、

「わたし、最初から、かからなかったのかもしれないわよ」

と聞えるか、聞えない声で呟いた。

変装者

変装という妙な趣味を今泉が持ちはじめたのはもう五年前、髪が薄くなりかけてきた四十すぎた頃からである……

それまでの彼はマージャンもやらなければトルコに行った経験もなく、ポルノ映画も見たこともない堅物（かたぶつ）だった。

いや、堅物だったのではない。ひとつには彼が小心な性格な上にミッション・スクールの女子短大で英語を教えていたからだ。そのミッション・スクールは外国の修道会が経営しているため、校長は年とった外人尼僧で、男性教師の素行には特にうるさかった。一度卒業式のあと、女子学生と真夜中すぎまで酒を飲んだ同僚が次の学期に首になった事件があった。教師たちの間ではこの処分は不当だと不平を言うものもあったが、父兄たちはむしろ学校の処置に賛成した。年頃の娘をあずかる学校としては当然のことだと校長が父兄たちに説明したからである。

この学校をやめさせられれば四十歳の彼にはいい仕事などあるわけがない。英語を勉強している者はわんさといる日本なのだ。

臆病な今泉は心のなかではトルコに行く男やポルノ映画をみる学生時代の旧友を半ば羨しく思っていた。万一、そういう場所に行っている自分を学生や父兄にみつかり、学校に投書でもされたら、どうなるだろう、と思うと、彼はあえてわざわざ危険を犯す気持はなかった。彼は平凡な英語教師であり、平凡な夫であり、中学生の息子の平凡な父親だった。そしてそういう生活に十数年も馴（な）れるにつれ、今泉はそれを特に苦痛とも思わなかった……

四十歳になった時、彼はある朝、洗面をしながら自分の髪がかなり薄くなったことに気がついた。鏡にうつった疲れたような顔、若さをすっかり失った皮膚をみた時、今泉の心を痛いものが走った。自分はこのまま年をとっていくのかという寂しさである。楽しみらしい楽しみを何ひとつ持たず、謹厳な顔をして学校に行き、義務的に英語のテキストを学生に教える毎日が急にみじめで悲しいもののように思われたのだ。

その日、一日、彼は気が重かった。他の男ならそういう時、酒で憂さを晴らすのだろうが生理的に酒の飲めぬ彼は講義を終えたあともそのまま電車にのって東京の郊外にある自宅に戻っていった。

電車は混んでいた。吊皮にぶらさがった彼の前で一人の若者がだらしなく股をひろげてスポーツ新聞を読んでいた。

そのスポーツ新聞の裏面に大きく男性用のかつらの広告が乗っていた。頭の薄くなったモデルの顔とそのモデルがかつらをかぶった顔とが並んで印刷されていて、「二十歳も若く見えます」という大きい活字が今泉の眼に飛びこんだ。

この種の広告を見るのは今日が初めてではない。だがこの混んだ夕暮の電車のなかで今泉は今朝、鏡をみた時の自分の寂しさを思いだし、自分が二十歳、若く見えたらどうだろうと、ふと考えた。

おりねばならぬ駅につくと彼は降車客の一番最後からゆっくり改札口を通りぬけ、それから思いなおしたように売店で先程のスポーツ新聞を買った。

その夜、晩飯をすませたあと、今泉は自分の書斎（といっても六畳の部屋だったが）に入って鞄のなかからそのスポーツ新聞をとり出した。

かつらの会社はそれ一つだけではなかった。「絶対ぬけません」「品質保証」「段階的増毛」という文字でかつらではなく人工植毛をやる会社も広告を出していた。また「かつらに非ず。人工植毛にもあらず。瞬時にしてあなたの髪をふやせる革命的な方法」という魔法のような言葉を並べている小さな広告もあった。今泉はそれがどういう特殊な方法なのか想像してみたが、一向にわからなかった。彼は妻の足音をきいて、あわてて新聞を鞄のなかにしまった。

二、三日たった土曜日、学校を出て、本屋を二軒まわり、家に戻る途中、あのスポーツ新聞がまだ鞄のなかに入っているのを思いだした。今泉は新聞を電車のなかでとり出し何気ないふりをしながら、もう一度、読みかえした。「かつらに非ず。人工植毛にもあらず。瞬時にしてあなたの髪をふやせる革命的な方法」というあの文字を。

その製造元の住所は代々木だった。そして彼の乗った電車は偶然、今、代々木の駅に滑りこもうとしていた。自分ではわからぬ衝動にかられて今泉はあいた扉からホームにおりていた。

広告の住所は代々木駅のすぐそばの小さなビルのなかにあった。流石にビルに入るのが照れくさく、その前を通りすぎ、また戻った揚句、今泉は思いきったように階段をのぼった。せめてパンフレットなりもらおうかと思ったのである。

「どうぞ、どうぞ」

三十幾つかの三つぞろいを着た男が、扉をあけた彼を見つけてなかに入れた。入口のすぐそばに古ぼけたソファとテーブルがおいてあった。

「新聞で広告を見たんですが……あれは一体どのようなものでしょうか」

「これは、秘密でしてね。お買いあげ頂ければ原理はわかるのですが、かつらではありませんよ。人工植毛のような手術でもございません。あっという間に増毛をさせるやり方なんです」

「それが……どう考えてもわからないんです」

「だから、お買いあげ頂ければ、すぐおわかりになりますよ」と男はニヤニヤと笑った。「値段は五千円です。ただこれは消耗品ですので毎日、お使いになると大体、三か月でなくなるとお考えください」

男は宣伝がうまかった。今泉の好奇心をそそるような言い方をして決してネタはあかさない。

「お宅ですと少くとも十歳は若く見えるでしょうような、うちの製品を使用されれば」

今泉は財布を出して五千円をわたした。すると男は丸い小さな筒のようなものを持ってきた。そしてその筒をふって自分の手の上に無数の細かい、ほそい黒色の針のようなものを出してみせた。

「これはね、桐の木を焼いて細かくしたものです。これを薄くなった部分にふりかけるんです。

すると陰電気と陽電気の作用でこの製品が残った頭髪に密着して、さながらたくさん髪があるようにみえます」

半時間後、今泉はその筒を鞄に入れてビルの出口から人眼をうかがうように外に出た。夕暮で代々木の駅のあたりは雑踏していた。

かつらや増毛の方法に興味を持ったのはこの時からである。彼はその後、幾つかのかつらも買ってみた。勿論、妻や子供には秘密である。値段はかなり高いが、しかし合成樹脂の上に丹念に地毛そっくりの毛を植えつけたかつらはそれをかぶっても誰も疑わぬほど精巧だった。合成樹脂の膜がはえぎわを自然にみせるのである。

最初の頃はそれをかぶって、こわごわ街を歩いたが誰一人怪しむ者はない。誰にも怪しまれなかったことが次第に小心な今泉を大胆にさせた。変装の趣味が芽ばえたのである。

彼はつけ髭もかった。色つきの眼鏡もかった。若い者の着るようなサファリ・ルックの服も手に入れた。そしてそれらを身につけて時々、街を歩くようになった。

ある日、そんな恰好で彼が新宿の喫茶店で休息をしている時、二人の娘がその店に入ってきた。彼の教えている女子学生である。彼女たちは今泉のすぐそばに腰かけ、ちらっとこちらを見た。一瞬、血の気の引く思いだったが、彼女たちはまったく何も気づかず、すぐ二人だけの会話に夢中になった。

快感が——言いようのない快感が胸にこみあげてきた。ここにいる自分を、彼女たちだってわからない。この自分は国籍も住所も家族も知人もない架空の存在なのだ。架空の存在だから法律にも縛られない、それは罪の匂いがする言いようのない楽しさだった。

そのくせ、翌日、彼は相変らず糞真面目な顔をして教室に出た。糞真面目な顔をしてスチブンソンの「ジキル博士とハイド氏」をひろげた。昨日、新宿で出会った女子学生の一人が無邪気な眼で彼を見あげた。

「大城さん」

と今泉はその彼女に、

「訳して頂けますか」


三月になると恒例の卒業パーティというのがあって、着飾った女子学生がホテルでお別れの会をやる。その時だけは謹厳な尼僧たちもやさしく微笑し、男性教師が酒やビールで顔を赤くしていても文句を言わない。

その卒業パーティの途中、会場をそっと抜け出た今泉はホテルのトイレを使って例の変装をした。彼はなぜか、今日、自分にある出来事が起るような予感がしてならなかったのである。

その姿でタクシーに乗り、運転手に原宿に行ってくれと頼んだ。かつらをかぶり、色つき眼鏡をかけて、ピンクのシャツに薄いスェーターを着た彼は三十二、三のテレビのディレクターか、雑誌社の編集者のようにみえる。運転手は勿論、怪しまない。

春の原宿は若い男女で雑踏している。道ばたには彼と同じような恰好をした男がアクセサリーやポスターを売っている。今泉は表参道をゆっくりと歩き、ピヨという喫茶店で茶を飲んだ。そばに二十五、六ぐらいの女が一人で紅茶茶碗を前においいて煙草をふかしていた。その煙草をもったくずれた雰囲気からこの女は誰かに声をかけられるのを待っているような気が今泉にはした。

変装をしているとは言え、気の弱い、またそんな経験のない今泉には流石に声をかける勇気はなかった。二人の視線がふと合った時も彼はあわてて眼をそらせた。と、女のほうから声をかけてきた。

「すみません。青山三丁目の方角、どう行ったらいいでしょうか」

「ここを出て左に行けば青山通りです」

彼は伝票を手にとって小声で言った。

「私も……そっちに行きますけど」

すると女は彼の顔をじっと見つめて、うなずいた。

女と店を出た。青山までの二百米ほどの路を歩いている間、彼女はまったく今泉の変装に気づかなかった。今泉は今泉で別人のように大胆になった自分に驚いていた。自分は今ハイドであり、さっきまではジキルだったという気持がしたのである。

「わたし、急いで青山三丁目に寄らなくてもいいんです」

女はひとりごとのように彼と肩をならべて歩きながら呟いた。

「いつも病院にいて辛気くさいので、今日の公休日に命の洗濯にきたんです」

「病院って」今泉は少し驚いて、「御病気なんですか」

「あら、いやだ」女は可笑しそうに笑った。

「わたし、これでも看護婦なんですよ」

遊び場所を知らない今泉は彼女を連れていく場所を知らなかった。彼は自分が四十歳ではなく三十代のはじめなのだと心で言いきかせながら、さて何処に行くべきかを思案した。

「どこに行きましょうか」

「久しぶりで映画が見たいんですけど」

二人は渋谷に寄り、つまらない喜劇を見て時間をすごした。今泉には少しも面白くない場面でも女は声をたてて笑っていた。映画が終り外に出ると既に暗く、勤め帰りの男女が疲れたようにバス停で列を作って待っていた。

「有難うございました」

女は礼を言って、

「わたし、沢野菊子というんです。勤めはM大の附属病院です」

「私は……」今泉は咄嗟に出鱈目の名を言った。頭にうかんだのは一昨年、卒業パーティのあと、女子学生と真夜中まで飲んで首になった同僚の名だった。「中川です」

国電駅のそばで彼女と別れたあと、彼は今日の午後をあの女と送ったのが本当の自分だったのか、ふしぎな感覚にいつまでも捉われていた。俺にこんなことができるのか、まるで現実性のない話をきかされているような気持で今泉はしばらく歩道に立っていた。

沢野菊子とはそれからたびたび、会うようになった。彼女は彼の変装には最初の頃は気づかなかったが、ある日、ふしぎそうにその髪をみて、

「いやねえ」

と言った。

「なぜ」

「いつもなぜそんなに老けた姿勢をするの、それに髪ポマードをつけているの」

どきっとして彼は自分は乱れた髪が嫌だからだと言った。しかし本当はかつらの毛は地毛にくらべて生気がないためにポマードで誤魔化さねばならないのだ。それが現在の技術でも救えない人工かつらの欠点だった。

ひょっとして彼女は俺が変装しているのに気がついたのか、とその時は思った。だが二度と彼女は何も言わなかった。

半年ほどたったが二人の間には肉体関係はなかった。臆病な今泉には女をつれてラブ・ホテルに入る勇気などなかったからである。ただ二人がおたがいの体を楽しむ場所が一つだけあった。映画館のなかである。場内が暗くなると今泉はおずおずと彼女の手に自分の手を重ねたり

握りあったりする。すると菊子はまるで病人の手でも揉むように彼の手を愛撫してくれる。そのひそかな手の接触だけが二人だけの黙認しあった情事だった。

彼女を呼びだすのはいつも今泉ということにしていた。勤めを訊ねられた時は、妻の父親が経営している小さな広告会社だと、答えた。こう言っておけば彼女が自分たちのひそかな逢引を長続きさせるために会社を探したりはしないと考えたからだった。だが、

「安心してね。わたし、その点、ほかの女とちがって、あっさりとしているの。あなたの家庭は家庭。わたしはわたし」

菊子は意外とあっさりとして彼の身元をしつこくは洗ってはこなかった。

半年をすぎて初めて二人に本当の肉体関係ができた。誘ったのは菊子のほうで彼はむしろ圧倒されたような気持で彼女の言いなりになったのだった。

代々木のラブ・ホテルで今泉が一番心配したのは、彼女に自分の変装が見破られないか、と言うことである。かつらはそのまま髪洗いもできるし、滅多に落ちることはない。その点は安心なのだが、しかし彼の裸体は決して三十代のものではなかった。だから彼は菊子と風呂に入ることを避け、菊子が入浴している間、寝室の電気を消しておいた。色つきの眼鏡をとった素顔も見られたくなかった。彼女は別にそれを奇異とはとらず、ただ彼が恥ずかしがり屋だと思っているようだった。

行為が終り、不安と後悔を嚙みしめながら枕元の眼鏡をかけなおした。彼がスタンドの灯を

つけると、

「あのね」

と菊子が彼の片手を映画館のなかと同じように愛撫しながら、

「看護婦って、こわいのよ」

と急に言った。

「なぜ」

「あのね、一か月前に心臓の手術を受けた患者さんが死んだの。その人はね、ずっと昔、うちのある看護婦と恋人だったんだけれど、彼女を冷たく捨てたのね。その後心臓が悪くなってうちの病院に入院して何年ぶりかに昔の恋人と出会ったわけ。会っただけじゃない。手術の夜から偶然、その看護婦が彼の係になったのよ。そして三日後に……彼、死んじゃった」

菊子はまるでお伽で子供にきかせるような声でそんな話をすると静かに呟いた。

「わかる？　女って……こわいのよ」

「え？」

「その患者さん、ほんとに術後の経過が悪くて死んだのかしら……」

その時、彼女は別に脅しをかけたのではなく、この気の弱い今泉をからかったにちがいなかった。しかし今泉はそんな話を情事のあとで急にする彼女の心理に漠とした恐しさを感じた。

（もう、そろそろ、別れたほうがいい）

うつむいて沈黙したまま彼はそう思った。別れるのには別にむつかしい手続きも慰藉料もいらなかった。沢野菊子と情事を行っているのは今泉ではなかった。それは中川とよぶこの世には存在しない人間だった。

夜遅く家に戻った時、妻はまだ起きて彼の帰りを待っていた。滅多にこんな時刻に帰宅したことのない夫に妻は、

「どうしたんです。今日は」

と玄関で驚いたように訊ねた。

「教授会が長引いたんだ」と今泉は嘘をついた。「電話をしとけばよかった」

妻は黙っていた。彼はその姿を見て、やはり菊子と別れようと思った……

五年がたった。彼は四十五歳になっていた。そしてあの変装趣味は彼の心からすっかり消えてしまい、昔のように今泉は平凡な女子短大の教師に戻っていた。

ある日のこと、授業を終えて廊下に出た時、彼は咽喉に魚の骨がひっかかっているような感覚を味わった。二、三日前から風邪を引いたためかと思い、洗面所でうがいをしようとした時、胸からなま暖かいものがこみあげた。そして洗面台の上に真赤な血を吐いた。

茫然として彼は顔をあげ、鏡のなかにうつっている蒼白な自分の顔を見つめた。

「どうしたんです」

医務室にいた若い医者は口を押えて入ってきた彼を見て、椅子から立ちあがった。

「そりゃ、いけない。そこに安静にしてください。ここにはレントゲンもないから、すぐタクシーをよびます。胃だとは思いますが、ちゃんと診察せねばわかりません」

今泉は注射をうたれ、ワイシャツのまま寝台に横になった。あわてて教務課の主任が飛んできて、自宅に電話をかけてくれた。

彼はタクシーにのせられたが、自分がどこに運ばれていくのか知らなかった。つきそってくれた主任と医者が口をきくなと命じたからである。車が白い大きな建物の前にとまった時、はじめてそこがM大学の附属病院だとわかった。

診察を受け、寝たままレントゲンをかけられ、病室に運ばれた。今泉は病院を変えてくれと頼みたかったが、今更、そんな我儘は言えない気がする。五年前、別れたというよりは彼が姿をくらました沢野菊子が勤めているこの病院に入院させられるとは夢にも考えていなかったのだ。だが、あの女はたしか耳鼻科に勤めていると言った。ここは内科の病棟だ。広い大きな病院だから自分さえ病室を出歩かねば顔を合わすことはないと今泉は考えた。それに彼女は俺の素顔を知らない。本名も知らない。わかりっこはないのだと不安な気持に言いきかせた。そして、

「えらいことになってしまった」

と駆けつけてきた妻に彼はそんな不安をかくして弁解するように、

「しかし胃ならば二、三か月の入院ですむそうだよ」

しかしその日の夕方、夫婦は病室に姿をみせた担当医からあれは吐血ではなく喀血だと説明をうけた。

「むかし結核をおやりでしたか」

「ええ。学生時代。でもその後、病巣はかたまったと言われたんですが」

「まだ充分、石灰化していなかったんですね。それに風邪がシューブを起したんです。残念ですが空洞ができていました」

だが当節、結核は新薬が続々とできているし、手術もできるからまったく心配はいらないと医師は夫婦を励ました。

一週間たった。二週間たった。毎日、ストレプトマイシンの注射をうけ、ヒドラジッドという薬を飲まされた。そして三か月たってレントゲンをまた撮影し、その結果をみて内科療法を続けるか、外科に踏みきるかを決めようと医者は言った。

病気のことは兎も角、今泉はトイレや売店に行く時、廊下で沢野菊子に出会うことを怖れていた。おそらく彼の素顔を見ただけでは向うは気づくまい——そうわかってはいながら、不安は彼の胸から去らなかった。慎重な彼はだからやむを得ぬ限りは病室からは出ず、いつも安静を守っていた。

同僚や友人が見舞いにきてくれる。きびしい校長までが果物を持ってそっと病室の扉をたたき、

「心配はいりません。よく治るまで学校はあなたをいつまでも待っています」

と言ってくれ、妻を泪ぐませた。

三か月後、レントゲンを撮った。

「やはり……」

担当医は少し当惑した表情で、

「空洞がそれほど縮小していません。思いきって手術をしましょう。場所もいいですし切ってしまえば、あとは肺活量が多少は減るだけで完全に治りますから」

と手術を奨めた。

手術をしなければこれから爆弾をかかえて生きていくようなものだと説得されると、自分の体にメスを入れられる恐怖はあっても、承諾せざるをえない。

手術の予備検査がはじまり、彼は気管支鏡検査や気管支造影法という検査を次々と受けさせられた。こんな目に会うなら内科療法のほうがよかったと思うような苦痛な検査だったが、今更、引くには引けない。何回も血をとられ、心電図をとられそしてその検査だけで更に一か月以上の日がたち、やっと手術の日がやってきた。

その朝、看護婦が脇の毛ぞりをして、小さな白い薬を飲ませた。それを飲んだだけで今泉は意識が次第に薄れていくのを感じた。

そのうすれた意識のなかで憶えているのは自分が仰向けにされ、ストレッチャーに乗せられて手術室に運ばれていったことである。妻がそばにつきそい、看護婦がそのストレッチャーを押し、エレベーターに入ったのは記憶がある。それ以後はわからない。

気がついた時、今泉はふたたび病室にいた。胸が重い石をのせられたように重く、息がひどく苦しく、咽喉はからからだった。鼻孔にも右腕にも管がさしこまれ、輸血の瓶が枕元にぶらさがっていた。そして外は真暗でもう夜だということがわかった。

「きれいに空洞は除去したって、先生が、おっしゃってましたよ」

と妻は彼をのぞきこんで励ました。

「水をくれ」

「水は明日まで駄目」

「ここはどこだ」

「外科病棟の病室よ」

「じゃあ、病室が変ったのか」

「そう」

それだけ言うのが精一杯だった。彼はふたたび眠りについた。しばらくして目をあけると見知らぬ看護婦がうつむいたまま彼の胸に聴診器をあて時計を見ていた。ぼんやりとその横顔をみた今泉はこの時、棒で頭を撲られたような衝撃を受けた。それは五年ぶりで見る沢野菊子だったのである。

菊子は何も気づかなかった。今、心臓音をたしかめている患者がかつての自分の体を抱いた男だとは夢にも考えなかった。そして聴診器を白衣のポケットにしまうと、そのまま病室を出ていった。

今泉は今泉で石のように体を固くしたまま じっとしていた。いや、手術直後の身動けぬ体だけにかえって、今味わった恐怖をどう処理してよいかわからず、彼は烈しく息を吐いた。息を吐いた時胸に激痛を感じた。

「どうしました」

びっくりした妻が彼の体を抑えた。

「動いちゃ駄目」

毎日毎日、身動きのできぬ日が続く。若い者ならば手術後、五日ぐらいすると自分で便所まで行けるが、四十五歳の今泉は一週間たっても十日たっても何をするにも妻の手を借りねばならない。動けぬ体だけに扉をノックして看護婦が入ってくる時、彼の胸はドキッとするのだ。

「どうしたんだろう」

と担当医がベッドにぶらさげたカルテをみてふしぎそうに言った。

「血圧のひどく高い時と、普通の時がありますね」

今泉だけにその理由がわかっていた。四回に一度ぐらい、血圧計を持ってくるのが他の看護婦でなく沢野菊子の時があるが、その場合は血圧があがるのである。医者は事情がわからない。だから首をかしげているのだ。

だが今泉が誰かをまだ菊子は気づいていないようだった。彼女は顔を横にむけ、体温計をわたす彼をチラッと見るだけで、あとは事務的に血圧を計りカルテにそれを書きこみ、ストレプトマイシンの注射をして、病室を出ていく。彼女の姿が扉から消えると、今泉は拷問から解放されたように深い吐息を洩らす。

そんな日が三週間ほど流れた。彼はやっと恢復に向い出していた。おそらくこのまま、菊子に何も気づかれぬまま退院できそうな安心感が次第に心から生れてきた。今までわからなかった以上、これからも大丈夫だろうという自信のようなものが芽ばえてきたのである。だが小心な彼は決して他の患者のように看護婦たちと無駄口はきかなかった。看護婦室での彼女たちに話題にもならない病人でありたかったのだ。

「順調ですな」

担当医も聴診器で彼の胸を調べながら微笑して言った。

「これだと意外に早く退院できるかもしれません」

「本当ですか」今泉は思わずはずんだ声を出した。「来月にはここを出れるでしょうか」

「それは少し早い」苦笑した医師は「あと二か月はここで温和しくして頂きますよ。それに退院検査もあるし……腕の運動もしなくてはいけないのでね」

「腕の運動?」

「ええ。手術部分の筋肉は放っておくと固まるんです。すると腕があがらなくなりましてね。

多少、痛いけれど固まらぬうちに腕の運動をこれからやってもらいます」

医師はアメリカの病院などでは術後、一週間で患者にボール投げをさせるのだと話した。たしかにこの三週間今泉は手術した部分の腕を動かしたことはない。ベッドの上に上半身、起すことも苦痛だったが、その腕を動かそうとすると痛みが走った。

医師の指示で二、三日すると若い看護婦が彼の腕を持って少しずつ上にあげはじめた。泪が出そうなほど辛かった。すると看護婦は肩のつけ根をもみ、またこの訓練を続けた。

「今泉さんは学校の先生でしょう」

と若い看護婦は痛がる今泉をあやすように、

「ちゃんと訓練しておかないと黒板に字が書けませんよ」

三週間もたってから動かしたので思うようにあげられぬ腕を、体温をはかりにくる看護婦たちがかわるがわる調べにくる。駄目ねえと彼女たちは情けなさそうに言う。そしてある日、沢野菊子も病室に入ってきて同じことを今泉に命じた。

「頑張って、もう少し、あげてみなさい」

彼女はじっと今泉を見た。そして皆と同じように彼の手をとってゆっくりと持ちあげはじめた。

「我慢して、もう一寸。はい、もう一寸」

ベテランの看護婦らしく彼女は若い同輩のように無理強いをするのではなく、少しずつ、少しずつ今泉の腕を直立させせようとした。歯をくいしばって彼も懸命に努力した。心のなかで早く彼女がこの訓練をやめて病室から出ていってくれることを願っていた。

「困りましたね。じゃマッサージをしてみましょうか」

菊子はそう言うと彼の肩から腕を両指でゆっくり、もみはじめた。その指の感触が昔、映画館で彼の手を愛撫した時のことを今泉にはっきり思いださせた。眼をつむり彼はそのことを思いだすまいとした。

腕から掌のマッサージにうつった時、菊子の指の動きが突然とまった、彼女は茫然としたように今泉を見おろしていた。今泉も沈黙していた。

菊子はそのまま彼の掌をはなすと、背をこちらに向けて足早やに病室を出ていった。何も言わなかった。彼は自分が誰であるかを沢野菊子に気づかれた、と感じた。掌をマッサージしていた時の感触が彼女にある記憶を甦らせたのだと思った。

その日、一日、彼はじっとベッドに横たわって窓の外を凝視していた。窓の外に病院の庭にはえている大きな樹の枝がみえる。その枝の一点を見つめているうちに夕暮になった。

「女ってこわいのよ」

突然、彼の頭にラブ・ホテルで菊子が話した話が思い出された。恋人の看護婦を捨てた男が自分と同じように入院して、自分と同じように手術を受けて三日後に死んだという話である。

「本当に術後の経過が悪かったのかしら」とあの時、菊子はうす笑いを浮かべながら呟いたが、その呟いた声まで耳に聞こえてくるようだった。

翌朝、彼が眼をさますと枕元に沢野菊子が立っていた。彼に体温計をわたし、無言で部屋を出ていった。自分の額に汗がにじみ出ているのが今泉にはよくわかった。

ふとベッドのそばにおいてあるテーブルを見ると、そこに色つきのレンズの眼鏡がおいてあった。彼のものでは勿論ない。しかし昔、変装して菊子に会っていた頃、かけていたものとそっくりの眼鏡である。その眼鏡をわざとおいたことで菊子が何を言おうとしているのかが彼には、はっきりとわかった。

二か月後、今泉は退院できなかった。医師は彼が拘禁性ノイローゼにかかったと考え、神経科の病室にまわした……

女の心

「お前、今日、出かけないのかい」

昼食の食卓で脇村が娘にたずねると、

「いいえ。どうして」

加代は箸を動かすのをやめ、父親の突然の質問にふしぎそうに顔をあげた。

「別に理由はないが、たまには銀座にでも出て気晴ししたらどうだ」

照れ臭そうに脇村が答えた。と、加代は笑いだしながら、

「大丈夫よ。出かけたい時はちゃんと出かけますから、でも、わたし、人ごみはあまり好きじゃないの、疲れるんですもの」

「そうだな」

昼食のあと、脇村はまたアトリエに戻り、老眼鏡をかけなおして雑誌社からまわってきた作家の原稿を読みはじめた。画家の彼はその原稿の絵になる部分を見つけ、その挿絵を明日中に仕上げねばならなかった。

文壇三大悪筆の一人といわれたその作家の字は読みづらかった。原稿用紙をめくりながら脇村は時々、舌打ちをした。だが彼は台所で昼食の後片附をしている加代のことがまだ漠然と気になった。

（あれじゃあ、何時までたっても結婚できやしない）

六年前、細君が死んでから脇村の世話をしたり、秘書代りをするのは加代の仕事である。脇

村も誰かを雇うよりは、娘にすべてを任せているという安心感も手伝って、二人っきりの生活をずっと続けてきた。そしてある日、彼は加代が婚期を逸した女になりつつあるのに気がついて、自分の利己主義(エゴイズム)と無責任さとを反省した。

「俺のことはいいんだぞ。俺のことは気にせず、嫁に行け」

幾つかの見合をしても、いつも煮えきらぬ返事をする加代にそう言ったこともあったがそんな時、彼女は憂鬱そうに答えた。

「わかってるわよ。でもこのお見合の方にはそんな気にならないの。そんな気にならない人のところに行くのは嫌だもの」

そんな時、脇村は心のなかで、何かほっとするものを感じた。これは父親のエゴだとわかっていながらも娘が自分のそばにいてくれるのは嬉しかったのだ。

こうして脇村は五十五歳になり、加代は三十歳になった年、この一見、平凡で静かな父と娘との生活に一寸した出来事が起った……

その年の夏のある日曜日、脇村がランニング・シャツ一枚になって制作にかかっていると加代がアトリエの扉をノックして入ってきた。

「お父さま、角さんがお見えですけど」

「角さんて新聞社の」

「ええ。お子さま、お二人をお連れになって」

角は二年ほど前、脇村がある作家の新聞小説の挿絵を書いていた時、学芸部のデスクをしていた男である。一年間にわたる長い仕事だったから、角とも時々、食事をしたり飲む機会があったが、温厚で誠実で、しかしいつも微笑を口もとにたやさぬ男だったから、脇村は次第に好意を持つようになっていた。

急いで浴衣に着かえ、応接間がわりのアトリエにふたたび顔を出すと、角は二人の女の子を両脇において、描きかけのキャンバスの人物像を眺めていた。

「どうもお仕事中をお邪魔して……」と角は微笑を口にうかべて詫びを言った。「実は半月ほど前、この近くに引越したんです。御挨拶に伺おうと思いながら今日までのびのびになり、申しわけありません」

「お近くに……」

「ええ。女房の入院している病院がここからですと、そう遠くないのです」

「そうですか。ところで奥さん、その後、如何です」

脇村は角の細君が長い間、ここから私鉄で二駅目の基督(キリスト)教系の病院に入院していることを思いだした。

角の二人の女の子はそんな風に母親から離れているにかかわらず、行儀よく、温和しかった。加代が彼女たちに手のり文鳥の籠を見せ、手にのせて遊んでみせてやっていた。

「しかし、大変ですなあ、あなたも」

と脇村は心の底から角に同情した。

「何かと御不便でしょうから、私のところに何でも御申しつけください」

「有難うございます」

角は一時間ほどすると二人の娘をつれて帰っていったが、そのあとも何か清潔なオーデコロンの匂いがアトリエに残っているようだった。

「時々、あの三人を食事によぶことにしようよ」

と脇村が加代の同意を求めると、

「ええ。そうしますわ」

と加代も肯(うなず)いた。

角はそれからも時々、娘たちと遊びにくるようになった。加代のつくった食卓をかこみ、二つの家族が一緒に食事をすることもある。両家とも父と娘しかいないわびしさが、いつの間にかあかるい笑い声で少しずつ埋められていくのを脇村は好ましい気持で眺めていた。

しばらくすると日曜日、加代が珍しく外出の支度をすることもあって、

「芳子ちゃんたちを連れて上野の動物園に行くつもり」

とはずんだ声で言った。芳子ちゃんたちとは角の小さな娘たちのことだった。

「角さんもかい」

「いいえ。角さんは日曜だけれど新聞の対談の司会をなさるんですって」

「そうか。それはいい。あの子たちも、お母さんが病気じゃ淋しいだろうから」

加代が上野動物園に行っている間、脇村はアトリエで仕事をし、自分一人で昼食をとり、また仕事を続けた。画筆を動かしながらいつか加代が嫁に行けば自分はこんな生活を毎日するのだなと、ふと思った。そこにはやはり、かすかな淋しさが伴っていた。

夕方、一仕事を終えて冷蔵庫からビールを出し飲んでいると加代が戻ってきた。

「あら、御免なさい、すぐ支度しますわ」

「いいさ。それより動物園はどうだった」

「パンダを見る人でいっぱい。でも芳子ちゃんたち大悦(おおよろこ)びで……」

脇村は娘の表情にこれまで見られなかった明るさが溢れているのをふしぎな気持で眺めた。今まで何処か暗い翳のあった部分がすっかり消えている。一人娘で小さな弟や妹のいなかった加代は角の子供たちに姉らしい気持をすべて注いでいるように見える。

「いい遊び相手ができたな」

脇村はニヤニヤと笑い、

「だが、知らぬ人からは、お前が芳子ちゃんたちのお母さんにみえるかもしれないぞ」

とからかった。その時、加代の顔が一寸あからんだので脇村は思わず口をつぐんだ。ひょっとして加代は角が好きになったのではないか、という不安が起ったからである。

だが、そんな気配はその後もなかった。遊びにくる角の前で加代はわだかまりなく振舞っているし、角も角で節度ある態度で加代と話をしている。自分の心配が杞憂(きゆう)であることを知って脇村はほっとした……

　角がはじめて遊びに来てから半年ほどたった時、久しぶりに加代のために、いい縁談があった。それは脇村の従妹が持ってきてくれたもので相手はある大きな貿易会社の課長をしている人物だった。長く南米に駐在していたため結婚がのびただけで人間としても将来性も申し分のない男のようにみえる。従妹からその話を聞いた時、脇村はいよいよ自分も加代と別れるべきだな、と思った。

「どうだい。俺としては結構な話だと思うね」

　と彼は従妹から送られてきた写真を娘にみせて言った。

「今度こそは見合は嫌だなんて、言わないでくれよ。父さんもこの人ならと言う気がするから」

　加代は写真を膝において黙っていた。写真には白いスポーツ・ウェアーを着てテニスをやっているその男の姿が写されていた。

「向うさんもお前のこと、のり気らしい」

「でも見合をしてお断わりすれば、おばさま、気を悪くなさるんでしょう?」

「そりゃ気にしないでもいいが……始めから断わるつもりで見合をするのは不自然じゃないか。俺のことなら何時も言っているように心配するなよ。安心して嫁に行ってくれ」

　この時、加代は写真を両手に持ったまま、白い顔をあげた。その顔の眉と眉との間に影がうかび、一瞬その眼が何かを訴えているように脇村には思われた。
「お前……」と彼は思わず訊ねた。「誰か好きな人がいるのか」
その好きな男の名が咽喉まで出かかっていた。しかし彼はまるで苦い薬でも口にするように
その名を急いで飲みこんだ。
「いいえ」
と加代は驚いたように首をふった。
「好きな人なんて……まだ、いる筈ないわ」
脇村は拍子抜けがしたように娘をみつめ、苦笑した。心の半分でほっとしたものを感じ、勝
手な想像をした自分がなんだか気恥ずかしかったのである。彼は自分を安心させるために娘の
この言葉をそのまま信じようとした。
けれども、やはり胸の一隅でまだかすかな不安があったのだろう。それから二、三週間後、
久しぶりで角が遊びに来た時、脇村はビールを相手のコップにつぎながら、さりげない風に、
「加代に縁談がありましてね、いい縁談なので私は乗気なんですが、こいつがどうもイエスと
言いません。角さんからも早く嫁に行けと言ってくださいよ」
そう言うと脇村は角と、そばにいる加代の反応をそっと窺った。だが角は少し笑いながら加
代に眼をやり、
「お父さんのそば、そんなに離れたくないですか」

とからかった。

「あら」と加代はわざとふくれつらをしてすねてみせた。

「いい人ができたらお父さまなんか置き去りにして飛んでいくから」

そんな二人の態度をみると脇村はやっぱり自分の想像が妄想にすぎなかったと認めざるを得ない。俺もやはり父親なのだなあと彼は心のなかで苦笑した。

帰りがけに、角は思い出したように音楽会の切符を出して、これは自分の新聞社主催のピアノコンサートだが差しあげましょうと加代にわたし、

「ぼくは仕事で行けませんがね、この子たちを連れていって頂けませんか」

「頂戴しなさいよ」と脇村はうなずいた。「芳子ちゃんたちも行きたいんだろうから」

「そうね。じゃ、芳子ちゃんたちの附人にならせて頂くわ」

音楽会のある日の夕方、加代が化粧をして空色の耳飾りまでしているのを父親はふしぎな気持で見おろしていた。

「どう、この洋服で」

と加代は照れたように訊ねた。

「いいね」

こちらも照れ臭かったから脇村は鼻の先に笑いを浮かべて答えた。

秋がふかまったある日曜日、加代のプランで角一家をよび庭でバーベキューをする事になった。二、三日前から加代がその日を楽しみにしていることが父親から見てもありありとわかる。

「ねえ、お父さま。いつか画廊から頂いたポルトガルのお酒があったでしょう。あれ今度、開けていけないかしら」

「いいさ。あのローゼの瓶だろ」

「庭にテーブルを出して蠟燭(ろうそく)をつけようと思うの。芳子ちゃんたち、悦ぶと思うわ」

脇村としてはいきいきとした娘を見るのはやはり嬉しかった。一方では角と何かが起らないことをひそかに願いながら他方、角とその子供たちのおかげで加代の心がはずむようになった——脇村は自分も身勝手な父親だな、と今更苦笑せざるをえない。

その日、庭の芝生に水をまいて白いテーブルや椅子を出し角一家を招いた。炭火の火に肉やピーマンをならべた加代と子供たちが楽しげに笑い声をあげているのを見ながら、男二人は水割りを飲んだ。

「ね、ね、本当だわよねえ」

と角の小さな娘がこちらに走ってくると、父親の膝に両手をおいて叫んだ。

「ママが明日、うちに戻ってくるのね。明日」

「うん、そうだ」

角は困ったようにうなずいた。そして向うをむいて肉を並べている加代に気を使うように視

線をやると、

「実はもう一度、手術をやってみようかということになりまして」

と脇村に説明した。

「奥さんが?」

「ええ。なにしろ膿胸という病気ですから抗生物質さえ効果がなく、これで入院して四年です。そこで思いきって手術をしようかと……」

「手術すれば健康になられる? 奥さん」

「さあ。医者は悪化しないための手術だと言っていますが……」

こちらに向いた加代の背中が神経を集中して二人の会話をじっと聞いているのが脇村にもわかった。

「それで、手術前、家に戻っては、と医者も奨めてくれまして」

「危険な手術なのですか」

「はい」

「でも久しぶりで御家族で生活できるんですから……奥さん、お悦びでしょう」

「ええ」

角は肯いた。その時、二人の会話をうち切るように加代が、

「さあ、肉が焼けましたわ。みんな、始めましょう」

とはずんだ声で立ちあがった。

そのはずんだ声で脇村ははじめて娘の苦しみを了解した。それは本当に、はずんだ声ではなく、そう無理矢理に装った声であり、父親に何も気づかれまいとして作った声だった。脇村はその声を聞いてはじめて娘をしみじみとあわれに思った。そして食事中も加代がまるで男たち二人の会話を聞かなかったように快活に振舞っているのを見ると、彼自身まで悲しかった。娘の心に今、くり展げられている葛藤を考え、はらはらしながら脇村は、彼女をそっと窺っていた。

九時頃、パーティが終り、角は何度も礼を言い、小さな子供たちもさようならと加代に手をふりながら帰っていった。

「あと片附を手伝おうか」

「いいのよ。一人でやれますから」

食べちらかした皿や器を庭から家へ運び、白いテーブルをふいている加代のうしろ姿を脇村は遠くから見つめた。うつむいて全身に力を入れて布巾を動かしている。全身に力を入れて布巾を動かしているのは悲しみを懸命に怺えているように父親には思えた。

「おい」

と脇村はたまりかねて彼女をよんだ。その時咽喉まで出かかった言葉は、諦めろ、角君には奥さんがいる、奥さんのいる人を愛しちゃいかんという月並みな言葉だった。しかし、愛するなと言っても、心はどうにもならぬことも彼は知っていた。だが、

「え?」

と何かを考えこんでいた加代が夢からさめたような顔でこちらをふりかえると、彼はその言葉をあわてて飲みこみ、

「いや、何でもない」

と顔をあからめて首をふった。

つづく一週間ほど、加代は何時もと同じように振舞っていた。父親のために食事をつくり、郵便物を整理し、雑誌社や新聞社からの電話をとりつぐ。その間、キャンバスに向いながら脇村は一人娘の内心の葛藤を思った。加代は家事をやりながら、角の家に戻っている角の妻のことを考えているにちがいないのだ。自分の決して手の届かぬ世界を角とその子供とが持っていることはやはり淋しくてたまらないだろう。脇村は妻がもし生きていてくれたならば加代はどんなに助かったろうなと考えた。父親の自分では相談相手にもなれぬ。加代も母親なら兎も角、父親には心の秘密をうちあけられないに決っている。それがわかっているだけ余計にあわれだったのである。彼は長年の人生経験から時間だけが加代の心を治してくれることを願った。

画筆をおいて彼が外出の支度をしはじめると、加代はふしぎそうに、

「何処にいらっしゃるの」

「うん」と脇村はわざと笑いながら「久しぶりで飲みに出ようと思ってね。画廊の連中と」

「そう。そのほうがいい考えが浮かぶかもしれないわね」

何も知らぬ加代は父親が仕事の鬱積をいつものように晴らしに出かけるのだと思っているようだった。

家を出て脇村はバス・ストップまで歩きながらやはり思いきってあそこに行こうと思った。あそことは角の細君が入院している病院だった。一週間たった今日、細君はもう病院に戻っているにちがいない。

バス・ストップの近くで彼は走ってきたタクシーに手をあげ、病院の名を告げた。車はやがて広い通りから斜めにのぼる坂をのぼって八階建ての大病院に近づいていった。

「ここで停めてくれ」

手ぶらだったから脇村は病院前に並んでいる花屋や食料品店などの店から果物屋を選んでメロンの箱を買った。それを持ちながら午後の空虚な待合室に入り、受付で角の細君の病室をたずねた。

クレゾールの匂いのするエレベーターで五階にのぼり、教えられた病室を探し、その病室の前でしばらく深呼吸をしてから扉を叩いた。どなたですか、と言う声がして、附添婦らしい女性が顔をのぞかせた。

「御主人には色々お世話になっている画家の脇村というものです」

彼はそう来意を告げて扉の外で待っていた。ふたたび附添婦があらわれ、どうぞとなかに入れてくれた。角の細君は、あわてて羽織ったらしいナイト・ガウンの前をあわせ、ベッドに上半身を起して白い顔をこちらに向けていた。やつれてはいるが美しい女性だった。

「主人や子供からいつもお噂は聞いております。こちらこそ、大変お世話になりまして」

と細君は丁寧に礼をのべた。脇村も、

「いえ。お近くに来て頂いたものですから私も私の娘も大悦びでして。この間、久しぶりに御自宅にお戻りだったそうですね」

こうした会話を五分ほど続けると脇村も細君も話題を失った。附添婦が出してくれた茶を一口のんで彼はじゃ、お大事にと腰をあげた。そして自分がここに来た真意は、ここの細君に無言で詫びを言うことにあったともう一度、思った。あなたの御主人に娘が心をひかれているようです。しかし御心配にはならないでください。娘は決して限界を越える女ではありませんから――それをそっと彼女に告げたかったのだ。

「脇村さんには、それからお嬢さまにも本当にお礼申上げたいんです」

と角の細君がその時、腰をあげた彼に言った。

「長年、病気しているわたくしには主人が可哀想でなりませんの。でも脇村さんのお近くに引越ししてから、あかるい表情になりましたわ。わたくし、わかるんです。有難うございました。どうぞお嬢さまにもお礼申上げてくださいまし」

そして彼女は探るように脇村の顔をじっと見た。いいえ、と彼は口のなかで呟き、そのまま病室を出た。

午後の静寂な病院の廊下を歩きながら彼は「わたくし、わかるんです」とはっきり言った角の細君の言葉を嚙みしめていた。わかるんです。それは女の直感で加代や角の心理をつかんでいるのだ、と言うことだった。だが「お嬢さまにもお礼申上げてくださいまし」と言った細君の語調には決して刺も皮肉もなかった。加代が主人をあかるくしてくれたことに本心から感謝しているように思えた。

病院を出て彼はその近くの寿司屋でビールを飲んだ。飲みながら角の細君の気持を考え、加代の心を考え、そのどちらもいじらしいだけに余計に気が重かった。「もう一本、ビール」と彼はまだ客のいない店のなかで大きな声を出した。


三月後、角の細君が急に亡くなった。悪化させないための手術が逆に彼女の体力を失わせ、術後感冒を起させて、抗生物質の注射も効力を奏しなかったのだ。

その知らせを電話できいた時、加代は受話器を持ったまま泣きだした。

「芳っちゃんたちが可哀想よ。芳っちゃんたちが！」

脇村は娘の心をはかりかねて黙っていた。角の細君が死んだことが、かすかにも加代に悦びを与えたとしたら、それは脇村には不快な苦痛なことだった。彼は加代の心の底を覗きたくなかったから、彼女が泣きながら、芳っちゃんたちが可哀想よと言う言葉をそのまま信じようとした。

葬儀には二人して出た。花で飾られた棺の背後に角の細君の写真が飾られていた。白い顔がこちらを向いて微笑んでいたが、脇村はそれを見て、

「わたくし、わかるんです」

と言った彼女の声を思い出していた。

葬式がすみ、初七日が終ってから間もないある日、加代が急にアトリエに入ってきた事があった。

「お父さま、お話があるんですけど」

「なに」

「いつか、大森の叔母さまが持ってきてくださった縁談、お断わりしましたけど、もう一度、お願いしていいかしら」

脇村は茫然として娘を見つめた。その縁談とは彼の従妹がいつか話してくれたもので相手は大きな貿易会社の課長をしている男だった。加代の煮えきらぬ態度にそのまま立ち消えになったものである。

角の細君が亡くなったことがなぜ、加代にこの縁談を受ける気持にさせたのか、脇村にはわからない。だがそこには微妙な女心の屈折があったにちがいないのだ。死んだ脇村の妻が昔よく、「あなたには女の心なんてわかりっこないわ」と言ったのを彼は思いだし、

「そうか」

とこの時も娘に肯いただけだった。

「今度は本気かね」

「ええ、そのつもりですけど」

角君のことは清算できたのか、と彼は言いたかったが勿論、黙っていた。

それから二年の今、結婚した加代は夫や赤ん坊と月に二回、この家にやってくる。そして家政婦と一緒に庭でバーベキューの支度をしてくれる。脇村は婿になった男と一緒にビールを飲み、肉の焼けるのを待つ。むかし角一家とそうやったように……

だが加代は角のことはまるですっかり忘れているように二度と父親にたずねない。いや、ひょっとすると、もうあの頃のことは関心がないのかもしれない。

初恋

初恋は小学校三年の時である。今から四十五年前の話だが相手の名前もはっきり憶えている。早川エミ子と言って、クラスこそ別だったが、同じ学年だった。

三年生のあの日になるまで、その子を意識したことはなかった。そんな子がいると気づきもしなかった。だが、あの日、私は彼女を知ってびっくりしてしまったのだ。

あの日とは学芸会の最初の稽古の日である。その年、三年生は「青い鳥」をやることになっていた。クラスから五人ほどこの芝居に出るのが決り、私もなかに入れられて大得意だった。学校から飛ぶように家に走って帰り、息はずませて、

「学芸会に出るんだぜ。学芸会に」

玄関をあけるなり大声をあげた。

「へえ。あなたが」

ヴァイオリンを稽古していた母が驚いてたずねた。二歳上の兄とちがい、私は学業成績も運動神経も悪く、学芸会に選ばれたことなどなかったのだ。

「それで何の役」

「パンの役」

「青い鳥にパンの役あったかしらねえ。言葉はいくつぐらい、しゃべるの」

途端に私は当惑して黙ってしまった。たしかにパンの役だったが、台詞はまったくなくて、ただ「パン」という二文字を書いたボール紙を首にぶらさげ、舞台の端に立つだけだったので

ある。

事情を知ると母親は情けなさそうな顔をした。しかし、気をとりなおし慰めるように、

「でも五人のうちの一人だものね。よかったわね」

と、とって附けたように言った。

最初の稽古の日、チルチル役の男の子とミチル役の早川エミ子とが音楽の先生に歌を歌わされたり、おどったりするのを端役たちはじっと見学していた。この時はじめて私は彼女の存在を知ったのである。

私は……文字通り雷にうたれたように驚愕し、ひたすら仰天して彼女だけを凝視していた。九歳になるまで、この世にかくも可愛いい、かくも美しい女の子がいると知らなかった。彼女が歌うと私は体が熱くなり、彼女がおどると私は口をポカンとあけていた。稽古がすみ、放課後でがらんとした廊下を一同が帰りはじめると、私は彼女をつけてやろうと急に決心をしたのだった。

言い忘れたが私はその時、大連に住んでいた。満州のあのアカシヤの大連である。そして私の小学校は大広場小学校と言った。

学校のそばの大広場という広場をぬけ早川エミ子は女の友だちと満鉄病院にむかう坂道をのぼっていった。幸いなことに私の家もその満鉄病院のすぐ近くにあった。その坂道をのぼりつめた地点で彼女は友だちと手をふって別れ、赤いランドセルの音をたてながら煉瓦づくりの家

に走りこんだ。ははあ、ここが彼女の家かと私は思ったがその彼女が尾行に気づいたかどうかは知らない。

家に戻ると五年生の兄が庭でボール遊びを一人でやっていた。お手伝いさんにおやつをもらい、食べながら庭の塀にボールをぶつけている兄を見ていると、母親が姿を見せ、

「周ちゃん、お使いに行ってくれない」

おはぎを作ったのでその重箱を近所の家まで届けてくれと言う。

「風呂敷を必ず、持って帰るのよ」

仕方なく重箱をかかえて外に出た。歩きながら早川エミ子のことを考えた。何とかして彼女と接触し、遊びたいものだと思ったのだ。

母の友人の家に行き、重箱をわたし、風呂敷をもらった。そして、それを頭にのせて学帽をかむった。こうすれば風呂敷をなくすことはまずないと思ったのである。そしてまた早川エミ子のことを考え、彼女のおどっている姿を心に思い浮かべた。

反対の歩道で知りあいのおばさんに会った。私は「今日は」と帽子をぬいで挨拶し、そして家に戻った。「風呂敷は」と母に言われ、帽子のなかを見るとなかった。「あッ」と気がついた。帽子をぬいで頭をさげた時、落したのである。エミ子のことをあまり考えていたためにわからなかったのだ。走って探しに行ったが、風呂敷はどこにもみえない。誰かが拾って持っていったのだろう。

学校に行くのが苦しくなった。廊下で彼女をみると、理由もないのに教室にかくれた。校庭で縄とびをしている彼女の近くまでは寄れず、遠くで馬鹿のようにその姿をぬすみ見ていた。そのくせ、学芸会の稽古が終ると、相変らず下校するそのうしろを、とぼとぼと尾行しては、彼女が家に入るのを見届けるのだった。遂に私はたまらなくなり、自分の気持を母にうちあけた。「周ちゃんが」母は面白がって自分の友だちにそれをしゃべった。「今度、学芸会で一緒に出る女の子が好きになったんですって」

学芸会の日、母はその友だちと一緒に学校にやってきた。私は先生から「パン」と大きく書いたボール紙を首にかけさせられ、舞台の隅に棒のように立ち、早川エミ子はチルチル役の優等生の男の子と歌ったり、おどったりした。

私が傷つけられたのは自分が彼女の相手役になれなかったと言うことではなかった。学芸会が終って家に帰ると、母が共に見物に行った友だちと応接間で話をしていた。そして私を見ると、「おや、おや、あなたの好きな子、そんなに可愛いくもなかったわよ」と言ったことだった。母の友だちも一緒になって笑いころげた。彼女たちにとってはそれは何でもない軽口だったかもしれない。しかし私の心は甚だしく傷つけられた。二度と母にはあの子のことを話すまいと思った。

私が彼女のことを打ちあけたのは横溝元輔（よこみぞもとすけ）という級友と家で飼っている犬のクロとだった。

モッちゃんと皆に呼ばれているこの子は一度、落第をして同じクラスに入った温和しいが私以上に勉強の出来ない子供だった。クロは満州犬で私の家に仔犬の時から飼われていて、いつも私の遊び相手だった。モッちゃんは私の話をきくと、遠くでも見るような眼つきをして何も答えなかった。彼には私の心情がよく理解できなかったらしい。

モッちゃんに打ちあけてから、早川エミ子を尾行する時、彼が一緒についてきてくれた。彼が私の初恋に興味を持ったためでなく、学校がすむと私たち二人はいつも一緒に遊んでいたからにすぎない。他の子供は彼をあまり相手にしなかったようだ。

満鉄病院までの坂道を早川エミ子が友だちと一緒にのぼっていく。街路樹のアカシヤの花が風に吹かれて虚空に舞っている。日本人街のその坂道をのぼりつめると女の子は左右に別れていく。それを百米ほどうしろから私とモッちゃんがそっと従いていく。

彼女が私たちの尾行に気づきはじめたのはこの頃のようだ。それは彼女とその友だちが時々、こちらをふりかえり、さも不快げに足を早めたり、一人になると走るようにして赤煉瓦づくりの自分の家に姿を消すことで私にもよくわかった。

自分が嫌われているという予感と、そうでないかもしれないという希望的な観測で私はくるしんだ。九歳の子供の初恋も大人の恋愛とそんなに違いはない。同じような心理に悩み、同じようにふかい溜息をつくのである。私は遂に決心をした。彼女に声をかけようと思ったのだ。ある日、アカシヤの花の舞う坂道でモッちゃんと声をそろえて叫んだのだった。

「なんだ。偉そうにすな。ミチルの役をやったぐらいで」

それが私の愛の言葉だった。心とはまったく裏腹のこの言葉を百米先に歩いている彼女にかけることで、自分に関心をひこうとしたのである。

「なんだ」モッちゃんは私の真似をして、もっと大きな声を出した。

「偉そうにすな。ミチルの役をやったぐらいで」

早川エミ子は赤い鞄を背でふりながら走りはじめた。私の本当の心を知らず、二人の苛めっ子が自分を苛めるために追いかけていると錯覚したのである。

「なんだ。なんだ」

私は靴で石を自棄糞になって蹴った。モッちゃんも真似をした。

「なんだ。なんだ」

その翌日から早川エミ子とその友だちとは私たちをまったく黙殺した。ふり向きもしなかった。私はたまらなくなり小石をひろって彼女たちに投げた。モッちゃんはもっと大きな石を放った。これっぽっちも彼女を苛めようという気持は私にはなく、ただ彼女がこの気持を少しも理解してくれない悲しみが、そんな行為にさせたのだ。
二、三日して酒井先生に放課後よばれた。私とモッちゃんとを前にたたせて、
「お前たち、女の子に石を投げただろ」

詰襟の黒い服を着た中年の先生は湯呑茶碗を握りながら強い声を出した。

「三年生にもなって、なぜ、そんなことをする」

モッちゃんは何時ものことながら、鼻汁のついた洋服の腕を顔にあてて泣きはじめ、私は黙ってうつむいていた。

その頃から少しぐれはじめた。恥ずかしい話だが母の装身具をひとつ盗んで、それを近所の中国人の雑貨屋に持っていった。どうしてそんな悪智慧が自分にあったのか、今もってわからない。

雑貨屋の中国人は私に五十銭をくれた。その五十銭で菓子を買い、モッちゃんと二人でたべた。つり銭をどこにかくして良いのかわからなかった。私は他の子供たちのように買い食いは禁じられていたし、少年雑誌や鉛筆を買う時はそのつど、母から金をもらっていたからポケットに彼女の知らぬ銅貨を入れておけば問いつめられるに決っていた。

家の前にアカシヤ並木の一本があった。兄たちがいつもそのアカシヤをベースにして野球をやっていた。私はモッちゃんとその褐色の樹の下をほり、つり銭を埋めた。そして二人で学校から戻ると、そのなかから十銭ずつ出して買い食いにつかった。この盗みと秘密とは私が母を裏切った最初の行為だった。母や先生が私の気持をわかってくれないから、こんなことをするのだと自分に言いきかせた。

早川エミ子のあとをつけるのはもうやめた。しかし彼女にたいする気持が終ったのでは決してなかった。

運動会の時、私とモッちゃんとはいつもびりっ子だったが、体操用の黒いブルーマーをはいて、赤い鉢巻をしてリレーに出場する彼女を生徒席から陰険な眼で見送っていた。バトンを右手で受けとり、小鹿のように早川エミ子は他の選手の間を通りぬけていく。それはもう私の手の届かない女の子だった。手が届かないから、私は、

「偉そうにしやがって」

と地面に唾を吐き、モッちゃんも私の真似をして、

「偉そうにしやがって」

と同じ言葉を言った。そして彼女が他の女の子たちに囲まれて顔を上気させながら戻ってくると、

「お前、駄目じゃないか」

と負けた私のクラスの女の子に嫌味を言った。

その頃から私の家庭にある変化が起りはじめた。父と母との仲がある事情から急に悪くなって、父は時々、家を留守にするようになったのである。

それまで明るかった、そして友だちを家によく招いていた母がくらい表情で何かを考えこんでいるのは辛かった。今まで学校から戻ると、いつも応接間から聞えていた彼女のヴァイオリンの稽古の音も消えて、家のなかは沈黙に包まれるようになった。

二つ年上の兄はその辛さを逃れるためか、いつも机にかじりついて勉強をしていた。兄のよ

うに勉強が好きでない私はモッちゃんにもうち明けられぬこの悲しみを誰に伝えてよいのか、どう誤魔化していいのか、わからなかった。そんな時、飼っている犬のクロだけが私の話し相手だった。

くらい家に戻りたくなかったから、私は下校の途中でモッちゃんと別れたあとも、時間をできる限りかけて家までたどりつくようにした。小石を蹴り、どこかの家の塀に「タイツリブネニコメヲタベナシ」と白墨で落書し、中国人の馬車引きの馬をじっと眺めて時間をつぶした。タイツリブネニコメヲタベナシとは級友の一人が教えてくれた言葉で、それを逆に読むと私にはまだ理解できぬ淫猥な言葉になるのだった。

門までたどりつくと、夕暮のなかにクロが寝そべっている。クロは私をみて哀しそうな表情をして尾をふる。そのクロだけに私は話しかける。

「こんなの、もう、いやだよ。ぼくは」

クロは哀しそうな眼で私をじっと見つめている。私は鞄のなかから手工用のナイフを出して門の前のアカシヤの樹に文字を彫りつける。「早川エミ子」と。

その五つの文字を私は自分の悲しみの深さだけ彫りこんでいった。それは誰にも気づかれない、誰にもわからない少年の私の心情だった。私はそこに自分の手に届かぬ女の子の名を彫りつけただけではなく、この五文字の名のなかに、まさに離婚しようとする両親を持った子供の悲しみ、大人に理解してもらえぬ子供のもどかしさ、それらすべてをこめてナイフを動かしたのだった。

四十五年の歳月が流れた。あの翌年——つまり私が小学校四年生になった年、母は兄と私とを連れて日本に戻った。父と別居することが決ったのである。

以来、長い間、大連の級友にも先生にも会わなかったし、モッちゃんのその後もわからなかった。そして犬のクロも大連で別れたままになってしまった。戦争は我々をたがいに隔て、音信不通にさせてしまった。

それが五年前、思いがけなく大連の小学校の級友から印刷した葉書をもらった。同じ学校の卒業生の集りをやる企てがそこに書いてあった。

東京の大きな中華レストランで開かれたそのパーティで私は見知らぬ中年以上の紳士や婦人にあまた出会った。なかに胸にとめた相手の名前から、その幼な顔の記憶をよび覚される人も何人かいた。その人たちとつよく握手をしながら彼等が私と同じように戦争や戦後に、耐えて生きてきたことをしみじみ感じた。

「モッちゃん——構溝元輔の消息を知りませんか」

誰も首をふった。担任だった酒井先生はとっくに亡くなられ、クラスの者は彼が中学に行かずパン屋で働いていたことまでは知っていたが、その後の消息は不明だった。兵隊にとられ、そして何処かに行ってしまったのだ。

「それでは皆さん」幹事役の人がマイクで皆によびかけた。「最近の大連の写真をスライドでお目にかけます」

電気が消され、壁にかけた白い布に誰かの影がうつり、笑い声がおき、昔のままの大広場や小学校の校舎や運動場がうつされた。

「我々の学校は今は旅大市第十六中学校という名に変っています」

中国人の生徒がその校舎や校庭に立っていた。手をあげて数学の勉強をしている光景もうつし出された。

「早川エミ子さんという女の子がいたでしょう。あの人は……」

私は小声でむかしの級友の一人にたずねた。その名を口に出した時、電気を消した広間のなかで私は一寸、顔を赤くしたようだ。

「早川さんは日本に引きあげて、お嫁に行ってから亡くなられたそうですよ」

「亡くなったの」

「なんでも熊本県の田舎で。結核でね」

そうですか、と私はうなずいた。死は私の世代には珍しいことではなかった。戦争と戦後の間に私はどれくらい、たくさんの知りあいを失っただろう。私はもう五十五歳になり、あの悲しみも遠くに見える陽のあたる山のように懐(なつか)しいものに変っていたのだ。

今年の春、ある出版社に依頼されて、ある作家と思いがけなく四十五年ぶりでその大連に外国船で行くことになった。船が大連——今の旅大市に停泊するのはたった一日半だけれども行ってルポルタージュを書くのが私の頼まれた仕事だった。断わる理由はどこにもなかった。

香港からその外国船にのり、三日目の朝、昔のままの大連港に着いた。日中旅行社の人に迎えられ、私たち二人は「上海」という中国製の車にのった。

「まずどこに行きたいですか」

若い中国の通訳が私たちにたずねた時、私の友人の作家はむかし彼の姉上が住んでいた家を見たいと答え、私は勿論、自分が少年時代にいた家を訪れたいと即答した。

車は港から四十五年前と何も違わぬ大連に入った。そして大広場をぬけ、むかし満鉄病院があった方向にむかって坂道をのぼった。アカシヤの並木も周りの煉瓦づくりの家も古びてはいるが、すべて昔のままだった。

私はおぼえていた。この道もこの曲り角も、この家も。私の家はすぐまぢかにあり、その前で中国人の子供たちが遊んでいた。

「おりていいですか」

「とうぞ。とうぞ」

友人は車に残り、私はカメラを肩にかけて自分の昔の家の前にたった。子供たちが近くから私を珍しそうに眺めていた。家は私が長い間思っていたほど大きくなかった。塀も小さかった。でもそれは確かに私の住んだ家だった。赤い屋根も赤煉瓦の塀もすべて記憶があった。そして家の前のアカシヤの並木があまりに老いていた。

（年をとったな。あんたも俺も）

アカシヤの幹をいたわるようにさすりながら私はひとりで呟いた。私も年をとり、この樹も年をとったが、この樹は私とちがって四十五年間、この場所から一歩も動かなかったのだ。お前はここで四十五年を過したのか。そう考えた瞬間、胸に小学生時代のこの樹に結びついた思い出が走馬燈のように流れはじめた。死んだ兄たちがこの木をベースにして野球をしていた光景が。犬のクロが片足をあげて放尿していた姿が。そして母が。早川エミ子が。

通訳の青年やこちらを距離をおいて見つめている中国人の少年たちにわからぬよう、私は幹にあの五つの文字を探した。なぜか文字は消えていた。しかし黒い、老いた幹をさする私の指はたしかにその五文字を感じた……

クワッ、クワッ先生行状記

筆者より阿川弘之氏夫人宛　三月九日附けの礼状——。

「香港ではいろいろお世話になりました。また、出発の折、勝手なお願いを致しまして申しわけございません。

さて香港埠頭で奥さまと佐和子ちゃん（阿川氏令嬢）とにお別れしたあと、いよいよ、御夫君との共同生活がはじまりました。船中でお別れしました時、奥さまから、

『よろしく、お願い致します』

と御挨拶いただいた直後、佐和子ちゃんから突然、ギュッと袖口をひかれ、

『遠藤のおじちゃん。船に乗ったらね、父には海軍、船、飛行機のことで先に口出ししたり、逆らったらいけませんよ』佐和子ちゃんは御主人にきかれぬよう口早に囁きました。『そうしたら、あの父と喧嘩をせずに旅を続けられると思います』

私は佐和子ちゃんに有難う、有難うと礼を申しました。そしてまた、ああ、この子は長い歳月、海軍、船、飛行機については異常なまでに執着する父親に苦労をしてきたのだなと、今更のように思った次第です。

もとより日本を発つ前から私は私なりの覚悟はしておりました。とに角、友人仲間では瞬間湯わかし器とあだ名されている人です。その瞬間湯わかし器の御主人と一週間以上、逃げ場所のない同じ船の、しかも同じ部屋で共同生活をする。この我儘、怒りん坊を刺激しないように

耐えよう、——それが私の決心でした。

(要するに)私は心に言いきかせました。(泣きわめく赤坊と一緒にいると思えばいいんだ)

このように覚悟をしていた私ですが——奥様——乗船後三時間にして私は悲鳴をあげました。なにに悲鳴をあげたか。まず第一に御主人は実にうるさいのです。私も年が年ですから静謐な船旅で、仕事につかれた体をこの一週間、休めたかったのです。しかし、その望みもこの二日で諦めました。

何がうるさいか。まず御主人の絶えざる咳ばらいと唾吐きです。別に病気でもないのに一分おきにクワッ、クワッ、クワッと家鴨のように咽喉で音をおたてになり、狭い二人の部屋のなかで静かに読書している私のそばをバタバタと通過されて、洗面所に唾を吐きに行かれる。それが一回や二回じゃない。一時間に十回ぐらいある。クワッ、クワッ、クワッ、バタバタバタ。カッ——。プウ。クワッ、クワッ、クワッ。バタバタ。

生理は道徳と関係ありませんから始めは私は黙っていました。しかし読書はために妨げられた。そして彼が絶えず唾を吐く洗面台は同時に私が朝、顔を洗う場所であります。いくら友人とはいえ、きたない気がする。

『君、何とかなりませんか』

『すまん。しかし仕方がないだろ。咽喉が気持わるいのは、昔からのぼくの癖だ』

私はあのクワッ、クワッ、クワッに耐えています。今日でまる二日目です。あのクワッ、ク

ワッ、クワッを聞くと、何故か知りませんが、この世で生きているのが嫌になります。散歩に連れていった犬が脱糞のため、妙な姿勢をして白眼をむくのを見る時、私はこの世で生きるのが嫌になるのですが、あのクワッ、クワッ、クワッも同じ気持を私に与えます。

第二に失礼ですが御主人のすさまじい放屁の音です。海軍は時間を守ると言うのが御主人の口癖ですが、毎朝六時になると必ず御主人はものすごい音で放屁をなさる。その音響たるや屁などと言うものじゃありゃしない。あれは大砲です。水爆です。不眠症のために朝がたからやっと眠りにつく私がやっと微睡んだ折も折、わが頭の先で（と申しますのは部屋が小さいためか、私のベッドと御主人のベッドは「字形に置かれており、御主人のお尻が、私の頭の前に位置しているのです）グワーンともドカーンとも書きたくなるような放屁が炸裂するのです。

『うわーっ』

最初の朝、何も知らぬ私は驚愕して飛び起きました。三十年前、空襲をうけたのと同じでした。何だ、今の音は。怪獣でも海から出現して船にぶつかったのか。

やがてそれが御主人の放屁だとわかった時の私の腹だたしさ。御主人さえも自らの屁に目をさまし一瞬、キョトンとした顔で考え、やっとその理由がわかると、

『御無礼』

なにが御無礼だ。

『失敬じゃないか』

『すまん』

怒っても仕方ありません。生理は道徳と関係がないと基督教徒の私は教えられています。クワッ、クワッと放屁の合間に私を悩ますのは御主人の独り言です。ベッドにだらしなく寝そべって、独りでブツブツ呟いている。

『ああ、イヤだ。イヤだ。ああ、つまらん』

はじめは私に対する嫌がらせかと思いましたが、どうもそうではないらしい。長年の習慣による独り言のようなのです。

『君、なにがイヤなのだ』

『なにもかもイヤだ。仕事をするのもイヤ。小説を書くのも面倒くさい。ああ、イヤだ。イヤだ。ああ、ツマらん。ツマらん』

『君のその独り言を聞くと、こっちの気も滅入ってくる。やめるか、独り言を言うのならもっと、希望にみちた前進的なことを言ってくれたまえ』

イヤだ、つまらんと呟きながら御主人は午後二時と午後四時になると必ずガタピシと音をたてて船室から姿を消します。賭け事の大好きな彼は午後二時、船内で行われるビンゴ・ゲーム、午後四時から開くカジノに毎日、欠かさず出かけるのです。

不調法な私ときたら勝負事にあまり興味はありませんし、下手です。しかし友人が賭け事に熱中するのに別に文句はない。

文句はないが、船室にふたたびガタピシと音をたてて戻ってくる彼の様子はどうだろう。ベッドにあぐらをかいて、儲けてきた金を一枚、一枚かぞえては、一人ニタッニタッと笑っている。『今日は、二十ドルかせいだ、と』と独り言をまた言っています。『原稿を書くより、このほうが、よっぽど、いい』

指に唾をつけて紙幣を一枚一枚、数えるその姿。満足げにニタッニタッと笑う、その顔――。私がじっと見つめているとは一向に、御存知ない。やがてハッと私の視線に気がついて、

『おい、お前、こういうことを小説現代に書くなよ』

『それは……』と私は冷静に答えました。

『君の出かた次第です』

金を数え終ると、ごろりとベッドに寝ころぶ。そしてまた、ああイヤだ、イヤだか、クワッ、クワッ、クワッのくりかえし。やがて枕元の本を出して開きはじめているので、

(ああ、これで静かになった)

ホッとしてこっちも本の頁をめくっていると、ものの一分もたたぬうちにもう鼾(いびき)の大きな音がきこえる。

香港を出発してから今日でまる二日ですが、どうやら御主人は本を睡眠薬のかわりと思っておられるようです。同じ本を開けておられますが、二頁も読んでいませんな。

それではお元気で。御主人と喧嘩をせず帰国できるよう祈ってください」

阿川弘之と私とが香港からクイーン・エリザベスに同乗して大連に赴くことは、本誌の好意によるものだ。幼年時代と少年時代の一部とを大連で育った私は、

「どうです、クイーン・エリザベスで大連に行きませんか。阿川さんと御一緒に」

という編集長のお奨めを即座に承諾した。この四十三年の間、私は満州（現・東北地区）は勿論のこと大連（現・旅大市）を訪れる機会がなかったからである。だが眼をつむれば楽しかったことも悲しかったこともあるあの街の路、広場、建物、家々ははっきりと眼にうかぶし、夢のなかにあらわれることもある。

（今回を失ったら、当分、大連は再訪できない）

一緒に行く阿川は我儘で怒りん坊であることは長い交際で承知はしているが、しかし見も知らぬ人と同室になるよりは、はるかに、ましである。

香港に飛んで二日前から夫人と令嬢とこの街に来ている阿川と落ちあった。その翌日、右の手紙にあるように、阿川夫人と令嬢との見送りをいただいて香港を出航した。阿川とのはじめての同居生活もこの手紙に書いてある通りで、いささかの曲筆もない。

クイーン・エリザベスは世間の想像とはちがって意外と新建材の安っぽい作りであり、調度、装飾もそれほどセンスがあるとは言えなかった。船員は至極、親切だが、食事がまずい。私は思わず、これはクイーン・エリザベスではなく「食えん、エリザベス」だと思った。阿川にた

ずねると、同じ豪華船でも伊太利や仏蘭西の船のほうが内部もシックで飯もうまいとのことである。しかし退屈はしなかった。好奇心のつよい私はあちこちを歩きまわり、映画やショウをみたり、ダンスのレッスンを受けたり大いに楽しむことができた。いや、そんなものがなくても阿川弘之という奇人を観察しているだけでも決して退屈する筈はない。

船内生活のことはもっと書きたいのだが、それは阿川の仕事になっているから、私はこれ以上は話さないことにしよう。私の役目は四十年ぶりで再訪した大連のことを書くにある。

大連といっても大半の読者には無縁な街だから興味はないかもしれない。しかし東北出身の者が東京にあっても、岩手や青森のニュースに敏感なように大連出身者は誰でもあのアカシヤの花咲く大連を懐しがる。特に終戦をここで苦労して迎えた人たちは異口同音に大連を再訪したいと語りあっているようだ。

私は大きな戦争のはじまるずっと前、この街を去った。当時、小学校四年生であり、去ったのは両親の不和のためである。母につれられて学校や近所の友だちと別れ、飼っていた仲良しの犬と別れ、この大連から離れたのだが、そんな思い出も町のひとつ、ひとつに染みこんでいる。そしてそのひとつ、ひとつを四十年間、忘れたことはない。

だから明日は大連という夜、私は船室でやはり眠れなかった。クワッ、クワッ先生は幸いカジノでお遊びであり、私はひとり窓から真黒な海を見て感慨にふけった。

翌朝、クワッ、クワッ先生の叫び声で目がさめた。海軍御出身で乗物きちがいの先生は船が出航もしくは入港の折は異常に興奮される。牛が赤いものを見ると逆上するようなものである。誰も頼みもしないのに甲板に走り出て挙手の礼など一人でやっておられる。

「見えた。見えた。港が見えた」と先生は叫びつつ、歯もみがかずに船室を飛び出ていった。

大連到了（ターリン・タオラ）。私も身支度をして転ぶように甲板に出てみる。既に船は大連港に着岸している。まるい帽子をかぶって草色の人民服を着た中国人官吏や兵士が岸壁にたってこちらを見ている。四十年ぶりで私は故郷にひとしい大連に来たのだ。外は晴れてはいるが、空気は冷たいようである。


朝飯をすませた外人客が団体で次々とバスに乗りこむため船を出ていく。しかし、クワッ、クワッ先生と私とを迎えにきてくれる中国旅行社の人はまだ姿をみせない。船室で辛抱づよく待つこと一時間、やがて、やっと船内アナウンスで我々を呼ぶ声が聞えてきた。


船をおりると耳ちぎれんばかりの冷たい風で、出迎えの通訳兼案内の中国人はまだ二十そこそこの眼鏡をかけた人の好さそうな青年だった。青年の名は阿川に倣って王としておこう。彼は「上海」という中国製の車と運転手を用意してくれていた。

「それでは何処に行きましょうか。まず工場を見ましょうか」

と車が動き出すと王青年は言った。

「いや、工場は結構です」

私と阿川は別に約束していたのではないのに声をそろえていった。船内では喧嘩ばかりして

いたが、こう言う時は気持が一致する。一致団結する。王青年は我々の拒絶にびっくりして、

「え？　工場はいやですか。では聾啞（ろうあ）学校の教育を見に行きましょうか」

「いや、今回はそれは結構です」

折角の向うの誘いを断わったが私は失礼とは思わなかった。私たちは招待客ではなく自まえの旅行者だから、自分の見たいところを見たいのである。工場を見てくたびれるより、行きたいところに行って悦ぶほうが日中友好である。

「しかし……」と青年は残念そうにくりかえした。「やっぱり、工場、行きませんか」

遂に阿川がムッとした顔をしはじめた。

「王さん」と私はあわてて「あなた、そんなに工場が好き？　好きなら日本に来られた時、川崎という街にお住みになるといい。工場がたくさんありますから」

「いえ、いえ」

青年は狼狽して首をふり、

「私は……工場は好きません」

「じゃわかるでしょ。君も工場は嫌い。ぼくらも工場は嫌い。だから工場に行かない」

私は紙に字を書いて彼にわたした。

我等嫌工場
貴君嫌工場

是日中友好

王青年としては三つの近代化をスローガンとする中国をみせるため、工場に連れていきたかったのだろうが、中学時代から数学、物理、工場に趣味のなかった私は近代に興味はない。できれば非近代だった江戸時代に生れ八笑人、七偏人ののらくら生活を送りたかった男である。

「では、どこに行きたいですか」

「私は昔、この大連に姉が住んでいました。遠藤は少年時代をここで送ったのです。だから二人とも昔の家を見たいのです。それから、うまいものが食べたい。汽車に乗りたい」

と阿川が叫んだ。

「私は……」と私もつけ加えた。「昔、通った小学校も見たい。いけませんか」

「いえ、いえ。大丈夫です。中国はお客さんの見たいところは、みな見せます。四人組の時はそうではありませんでした。しかし現在はちがいます」

車中、四人組の頃はひどかったです、と王青年はこの旅行中、しばしば語った。その口調は現在の中国の変りようを私たちに宣伝することもあったろうが本当にそうらしい実感もこもっていた。あの頃はうっかり、ものを言えばすぐに捕えられるし、明るさがなかった。この旅大市でも武闘がありましたと王青年は語った。

しかし——と口にこそ出しては言わぬ、私の心には多くの日本人が現在の中国人にききたいような質問が幾つかある。昨日まで四人組が正しいという社会で生きたのに、今日になればその四人組は悪かったと言われる。昨日までは毛主席は絶対だと教えられ、今日は毛主席の考えにも欠点があると訂正される。そのように上部の権力闘争で猫の目のようにクルクル変るこの五、六年の中国で、王青年のような若い世代は一体、何が本当かを信じられるだろうか。ひょっとすると中国人たちは今日の近代派の人たちの考えも明日になれば新しい文革派によって否定されるかもしれぬという不安を意識の底にいつも持っていないだろうか。何とも言えぬ頼りなさ、何とも言えぬ不安定感が心の底にあるのではないだろうか。

多くの日本人が現代の中国人に質問したいこの疑問を私は会ったばかりの王青年にまだ、ぶつけるわけにはいかない。私としてはそういう質問も率直にぶつけられるようになった時こそ、中国が近代化した時と思うのだが……。

大連埠頭には思い出がある。日本から親類が来るたびに何度も両親に連れられて埠頭に迎えに来たからだ。その頃、この埠頭には裸足の中国人苦力(クーリー)が雨にぬれて大きな豆粕(まめかす)の袋や石炭袋をかつぎ働かされていた。子供心にも彼等の表情のない無気力な顔がいたいたしかったが、今、見る埠頭には少くともそのような苦力も誇りのない顔もない。それは私のように共産主義者でない人間にも否定することはできぬ。

埠頭から車は文字通りアッという間に大広場（現・中山広場）に入った。大広場と言っても大連に住んだ事のない人は何も感じまいが、しかし昔、この街に生活した人間は大広場と聞いただけでさまざまな思い出を甦らせる筈である。それは大連の中心でそこから放射線状にのびる幾つもの大通りがあり、広場をかこんで赤いドームや青い線のドームの外国風の建物がならび、広場は公園のように芝生と樹木が植えられていたのだ。

私の父はこの広場に面した銀行に勤めていた。私の小学校も大広場小学校という名の通り、ここからすぐ近かった。だから私は子供の時、ほとんど毎日、この広場を通りぬけて通学した。子供心にもこんな奇麗な広場はあるまいと考えていた広場である。

その広場が今、眼前にあらわれた。四十年前そのままの姿で出現した。だが何とそれは変り果てていただろう。三月という大連では冬の季節のせいか、樹は裸であり、芝生は枯れ、すべてが寂寞（せきばく）としている。昔の建物はほとんどそのままなのに、子供の時、あれほど壮大に見えた正金銀行（現・対外貿易局）も市役所（現・労働文化局）も朝鮮銀行も英国領事館（現・旅大市文化局）も警察署も、すすけ、小さく、みすぼらしく、老人のように陰気で沈黙しているのである。

（これが……大広場だったのか）

若かった頃の美女の老いさらばえた姿を見たように私は茫然とした。人の姿も少く、路は灰色で寂しい。

「大和（やまと）ホテルはどこだろう」

私は阿川にたずねた。

「あそこだよ」

阿川も同じ思いだったらしく憮然としている。彼は学生の頃、しばしばこの大連に姉上の家をたずねて遊びに来ていたからだ。

大和ホテルは子供の頃、私にとって灰かつぎの少女がはじめて知った王子さまの宮殿のようなものだった。夏になると私は親にせがみ、よくこのホテルの屋上に遊びに連れていってもらった。そこには谷をぬい、鉄橋をわたる電気機関車の模型が走り、私はもうそこから離れられなかったものである。両親は仲よくビヤ・ガーデンでビールを飲み、満艦飾の提灯に灯がともり、その頃の私は大変幸福だった。

その大和ホテルは大連賓館という名に変っている。こんなに小さな建物だったかと私は四十年間、自分がまぶたに描いてきた思い出と実物との差にがっかりせざるをえなかった。

うまいものが食べたいという阿川の注文はもっともである。なにしろ「食えん、エリザベス」号の洋食には閉口している。言葉のうつくしい国の食べものはうまいと言うのが私の考えだ。中国語は仏蘭西語と共に世界でもっとも美しい発音をする言葉だ。ここは北京や広州ではないが、しかし大和ホテルの中国料理ならおいしかろう。

王青年は我々のこの注文を心よく聞いてくれた。何しろ三つの近代化だ。料理もおいしくなくちゃいけない。大連賓館の老料理長がニコニコしてあらわれ、阿川は得意の中国語で今夜、ぜひ、これ、これを食べさせて頂きたいと注文する。料理長はニコニコと肯く。

そのあとホテルの部屋を見せてもらった。このホテルにはどんな外人客が泊るのか、三人ほどの客室係りの娘さんが真赤な頰をして、やはりニコニコとあらわれ、東ドイツの客の宿泊している部屋をみせてくれる。四十年前のスタイルで四十年前のバスがそのまま備えられているのが印象的だった。娘さんたちは日本人のお客も泊ると語り、かたことの日本語で、

「また、いらっしゃって、ください」

私の大連の思い出は半分は明るく、半分は暗く陰鬱である。明るい思い出は四歳の時、大連に両親と来て小学校三年まで続く。そしてその小学校三年になった頃から両親が不和になり、父と離婚を決心した母が兄と私とを連れて日本に戻るまでは暗い追憶しかない。

阿川はそのことを、知っている。私が大連を再訪しようとした気持も彼は推量しているであろう。

だから彼には関係のない私の小学校を訪れた時、黙って温和しくしてくれていた。母校の大広場小学校は現在、旅大市第十六中学校という名に改められていたが、四十年前の校舎はペンキを塗りかえただけでそのまま残っていた。校長先生や先生に連れられて英語や地理の授業を行っている教室を参観したが、私の心はその窓ぎわの机に坐っていた四十年前の自分の姿を思いだすことに奪われていた。

その頃、家に帰るのが嫌だった。母の暗い顔を見ねばならないからである。その頃父と母とは夜おそくまで応接間で話をしていて、時々、父の怒声が寝床の私の耳にも遠くから伝わって

きた。それまでが幸せだっただけに一挙に眼の前にあらわれたこの事態を私はどうして処理してよいのか、わからなかった。寝床のなかで耳の穴に指を入れ、父と母との争いの声を聞くまいとすること――それが私のただ一つの逃げ路だった。兄はただひたすら勉強していた。

　だから教室でも先生の授業を聞いてはいない。先生も友だちもぼんやりと何かを見ている私の心はわからなかっただろう。私はそんな自分の心をかくすため悪戯をしたり、おどけた。自分の家庭の秘密や淋しさをただひとつのものを除いて誰にも話さなかった。ただひとつのものとは飼っていたクロという犬である。

　自分の悲しさをかくすために悪戯をする、おどけるその性格は今日まで私のなかに続いている。むしろ、あの頃、それが形成されたと言っていいのだ。自分の心の秘密をひとつのものにしか話さない。この傾向は今も消滅していない。ひとつのものとは「私のイエス」であり、そしてその周辺に死んだ母や兄が存在する。思えば今日の私の性格は大連時代の暗い日々に作られたのかもしれぬ。

　だから私はこの第十六中学校になった同じ校舎で私と同じような少年を無意識で探していた。だが机の前に姿勢ただしく坐り、先生の質問に手を半分あげて答える行儀ただしく、よそ行き顔の中国人生徒たちのなかに、かつての私と同じ少年を見つけることはできなかった。（嘘だ）と私は思った。この少年、少女たち一人、一人にもそれぞれ悲しみがあるのだ。その悲しみを彼等はかくしているにすぎない。次第に私は腹がたってくる。腹をたてるのは無茶だと思っても、私は行儀いい利口そうな生徒を見にこの学校に来たのではなかったのだ。私がかつて坐った教室に私と同じように人生の哀しさを始めて知った愚かな少年を探し、彼の肩に手をおいてその少年の上に私の昔を見つけようとしに来たのだ。

「どうです、なつかしかったですか」

親切だった校長先生たちに礼を言い、自動車に乗った時、王青年は眼鏡を指であげながら私にたずねた。一たす一は二、二たす二は四、と言うような声である。突然、私はムッとした。ムッとしながら、気をつかってくれた王青年には何の過ちもないのに気づき、自分を我儘だと思った。しかし、どうにも仕方がない。

「あなたは将来何がやりたいのですか」

と阿川が彼にたずねた。

「はい」

また一たす一は二の声を出す。

「中国の近代化のため文学をやりたいと思います」

「文学を?　近代化のため?」

「はい、文学です。四人組の時は文学は制限されました。私は日本文学が大好きです」

「日本文学のどこが、好きですか」

「日本文学の恋愛描写が好きです」

どうも私には彼の返事の意味がよく、わからない。

「日本の文豪は誰ですか。〇〇先生ですか。私の持っている日本の雑誌は週刊〇〇一冊ですが、〇〇先生が小説を書いています」

途端に阿川がムッとした。

「文豪はあんたのそばに二人いる」

「はァ——」

はァ——、と王青年は気のない小声をだした。彼の眼にも我々両名はとても日本の文豪とは見えなかったにちがいないのだ。

「あんた、文学やるなら、そんな真面目な声を出しなさんな」

と私は思わず言った。一たす一は二、のような彼の話しかたと声とは私には愉快ではない。しかしたった二時間の間、それを除くと我々はこの一所懸命の青年に好意と親愛感とを持ちはじめていた。公式的な見学のような偽善的なやり取りは御免だ。立場のちがった両者だから意見の違うのは当然である。個人としてこの青年と親しく話をしよう。

「すると、何をすればいいですか」

「恋愛もしたまえ。ひねくれろ。意地悪になれ。自分の眼でものを見ろ」

「はァ——」

また、はァ——と気のない小声を出す。

「恋愛したことあるのかね。君は」

「はい。しました。しかし断わられました」

「なぜ、断わられたのです」

「ぼくは結婚後、彼女が家にいることを望みましたが、彼女は外で働きたいと申しました。意見のちがいでした」

こんな私的なこともうちあけてくれたのは王青年が我々に好意を持ってくれたためだろう。

「ふーん。君も男だな」

「しかしぼくの考えは間違っていました。やはり女も外で中国のために働くべきです」

また一たす一の声に戻った。本当に彼がそう思ったのか、教えられたことをオウムがえしに言っているのか、よくわからない。


阿川の姉上が昔、住んでおられた家は南山麓（なんざんろく）にあったと言う。南山麓は東京でいえば田園調布のような高級住宅地で私も少年時代、時々、行ったことがある。その近くに弥生（やよい）池という池があって冬になると少年たちはスケートをして遊んだ。二歳上の兄に連れられて私もよくスケートに行ったが、その兄はもう二十年前、他界した。いつか二人で大連に行こうと約束していたのに、それがもう果せなくなった。

（来たぜ）

弥生池が見えた時、私は心のなかでその兄にそう言った。この池の写真をとって帰国したら彼の写真の前においてやろうと思った。

阿川は阿川で南山麓が近づくにつれて眼を赫やかせて、

「昔のままだ」「うん。おぼえがある」

と連発しはじめた。両側にならんだ灰色の煙突のある洋館。古びて老朽化してはいるが、憶えている。冬になるとその煙突からストーブの煙が白くのぼり、外は耳がちぎれるほど寒いのに家のなかは暖かく、少年たちはそのストーブで内地から送られた少年倶楽部やのらくろを読み、蜜柑をたべて遊んでいたのである。

王青年と姉上の家を探しまわっていた阿川が遂にそれを見つけたらしく、

「ああ、これだ。昔のままだ」

路の一角でいつの間にか中学生らしい少年たちが立ちどまり我々を見つめている。王青年が彼等から話をきいて、

「阿川先生、この家は今二家族住んでいるそうです」

家の前に袋や箱がつみかさねてある。家のなかも、なにかひどく汚れているような気がする。大連の現在の人口は百十万、中国のなかでは十八の大きな都市の一つと聞いていたし、都市計画も着々、進んでいると聞いてきたが、私たちが短時間で見た限り、まだまだ住宅問題はむつかしいようである。

私も（阿川もそうだろうが）そんなことが中国の恥だとは一向に思わない。私も阿川もこうして昔の家をたずねれば、現在なつかしい家に住んでいる中国人に会い、ここは昔、私がいた家ですと言い、彼等の生活を正直に見せてもらいたかったのである。貧しいことは別に恥ではないし、それに戦後、我々日本人はもっともっと、ひどい貧乏や食糧難を味わったのだ。たとえ彼等の口から「もっと部屋数のある家にすみたい」とか「近代的なアパートがほしい」と言うような不平を聞いても自分たちの経験からよく、わかるし、そんな不平が中国の前進のために害があるとは一向に思わない。中国が発展途上国であるならば、そういう不平はもっともだし、中国はその不平をひとつ、ひとつ解決していけばよいのだ。

にもかかわらず、こういう率直にして正直な声をまだまだこの国では旅行者は聞くことはできない。中国人と心から語りあうこともむつかしい。これから中国ツアーはいくらでも可能になるかもしれないが、もし中国の近代的発展面だけを殊更に見せようとするツアーならば、必ず旅行者から蔭口や憶測が生じる。現にクイーン・エリザベス号のツアー・バスで私と阿川とは別に、工場や学校ばかりを見学させられた日本人たちは決して満足をしていなかったのである。

阿川が姉上の昔の家の写真を撮っている間その辺をぶらぶら歩いた。空は晴れていて空気はつめたい。何とも言えぬ不安がこみあげて息ぐるしくなってくる。その不安は、もうすぐ四十年前の自分の家をたずねると言うことから起っている。

この四十年の間、私は自分の少年時代の明暗を彩ったあの家のことを数かぎりなく嚙みしめつづけた。その小さな家は両親の離婚のあった家だが、同時に私の人生の出発点を決定した家でもあった。あの家で少年の私は始めて人生の不幸を知ったし、父を憎むことをおぼえた。孤独もわかったし、母の苦しそうな表情から不幸せな女の顔も学んだのだ。もし、あの経験がなかったら、私は基督教など、とっくに捨てていたかもしれぬ。その家が阿川の姉上の家と同じように昔のまま残っていたならば、どうしよう。私はその家を見たいという烈しい気持と見たくないという強い怖れとを同時に感じながら車に戻った。

「もう、いいですか」

「もう結構です」

王青年と阿川も車にのりこんだ。そして車はこちらの迷いがまだ解けぬうちに動きはじめていた。

そのすべてが思い出のなかにある場所がまたたく間にあらわれた。路も坂もアカシヤの街路樹も四十年の間、この私が嚙みしめ反芻(はんすう)してきた界隈である。母が入院した大連病院(現・鉄道病院)が見える。この坂は冬の日、雪が凍って登校する私が半ベソをかいて難儀した坂だ。母の暗い顔を見たくないために私が帰校の途中、歩きまわった路がそこにある。それらは私の追憶とは形だけは似ていたが、どこか違っていた。四十年の間、私は記憶を反芻しながら少しずつ変えていったのであろう。

阿川は私の事情を知っている。車がとまった時、彼は車内で待っていようと申し出てくれ、その心づかいは嬉しかった。だが何もわからぬ王青年は私が一人で歩きたいと言っているにかかわらず、どうしてもついていくと主張する。私は一人になりたいのだ。

「子供じゃないんだから大丈夫です」

「しかし道を間違うと心配です」

王青年の好意をこれ以上、拒むことはできない。私はかつて住んでいた霧島町で車をおり歩きはじめたが、王青年は、

「そうですか。ここに住んでいましたか」

「ええ」

「それはいつ頃ですか」

「子供の時です」

「子供の時のいつ頃ですか」

私は一軒一軒の家を見つめて少し傾斜の路をのぼった。こんな家があったろうか。ここに中国人の雑貨屋があったのに、それが見えない。

「本当に、これが霧島町ですか」

「たしかにそうです」

少年時代、私の送った霧島町は南山麓と同じように灰色の洋館が並んでいた筈だった。しかし今、私の歩いているこの路の両側には錆び色の煉瓦づくりの家が点々とある。そして兄や私

がそれをベースにして野球をして遊んだアカシヤの並木はもっと若々しかったのに、ここのアカシヤは気力のない古いものばかりなのだ。

　これが本当に少年時代を送ったあの路か。私はしばらく迷っていた。私の不審そうな顔を見て親切な王青年はちょうど家から出てきた老婆にたずねてくれた。

「まちがいありません、霧島町です」

　疑念はそれでも去らなかった。しかし歩きながら私は突然、ながい塀を見つけた。その瞬間、この塀が私の記憶をよび起した。

　父母に別れ話が持ちあがった時、私は学校から家に戻りたくないばかりにぐずぐず時間をつぶし、蜘蛛の巣をぼんやり眺めたり、中国人の馬車（マーチヨ）の馬をからかったり、そしてこの塀に持っている蠟石で落書をしたのだ。

　タイツリブネニコメヲタベナシ
　それは級友が教えてくれた淫猥な言葉だった。その意味もわからぬくせに私はその文字を悲しみをこめて書きつけたのだ。

　この塀のつきた二軒さきに私の家がある。

　間違いなかった。四十年の間、思い出し、反芻し、庭も形も間取りも甦らせ甦らせてきた家が今、私の眼の前にあった。

（来ました……）

と私は亡母に言った。亡兄に言った。門も門の前のアカシヤの木もそのまま残っていた。アカシヤの木は四十年の間、私が老いたように老いていた。王青年にわからぬようにその木にふれた。そしてその幹をさすりながら私はかつて自分の家だった建物から眼を離さなかった。玄関も古びていた。玄関の横の応接間の窓もよごれきっていた。記憶のなかより家も庭もずっと小さく、そしてみじめだった。

この応接間で父と母とは夜おそくまで口論をしていた。そしてその奥に私と兄との子供部屋があり、その子供部屋で私は耳の穴に指を入れて、父の怒声や母の泣く声を聞くまいとした。その子供部屋を私は外側からでも、どうしても見たかった。

いつの間にか中国人の少年や少女たちが集っている。彼等に笑顔をむけるのはこんな気持では辛かったが、私は微笑を送った。そして門をくぐり、扉をとり払った玄関からなかをそっと覗いた。

阿川の姉上の家と同じように内部は倉庫のように暗く、石炭袋のような袋や木箱が並んでおり、廊下の床もはがしてあった。そして内部はしんと静まりかえっていた。その暗い内部のなかに私の少年時代、私の人生のはじまりがかくされていた。不安とも怖れともつかぬ感情がこみあげてくる。私にとってこの家は人生そのものであり、私の歴史でもあった。私のいう歴史はマルキストがいう歴史とは本質がまったく違うものだったが、私にとってかけがえのない歴史であり、人間の一人、一人にとってはかけがえのない歴史であり、それはマルキストの大説家たちの言う歴史が軽視する歴史だった。しかし私は大説家ではなく小説家だから、この私の歴史が何よりも大事なのだ。

「もう行きましょうか」

王青年が不安そうに私をせきたてた。

「いや、もう一寸」

「写真とりますか。とるなら……」

「とらない」

私は思わず大声をだして断わった。

暗い家の内側に私はうなだれていた母を見たような気がした。耳の穴に指をつっこんでいる私と黙って勉強をしている兄の姿も見たような気がした。私は私を放ったらかしてくれた阿川に感謝した……。

筆者より阿川弘之夫人宛　三月十二日附けの手紙――。

「大連を十一日の夜に出発、今日一日、ふたたび海をみて日本に戻っております。明日は鹿児島の予定で、御主人とは小さい喧嘩は無数にございましたが、どうやら破局に至らず帰京できそうです。

この数日間、御主人を観察しておりましたがまことにおかしな人です。しかも御当人が御自分を奇人と気づいておられぬゆえ、これがおかしいのです。

　出発の日、我々にきめられたコロンビア・レストランという食堂で、これから毎日、食卓を共にする二人の外人男女に、

『私は阿川と言います。しかしコール、ミー、ヒロ、プリーズ』

と自己紹介をされました。その日から御主人はこの外人たちからヒロと呼ばれるようになりましたが、私は御主人のあの顔とヒロ、ヒロという名がどうも結びつかなかったものです。船室ではクワッ、クワッと家鴨のような咳ばらい、クワッ、プ――と、唾を洗面所に吐く人が愛らしいヒロなんて、奥様、どうして呼べましょうかねえ。

　御主人が海軍狂であることは申すまでもありませんが、船内においても御自分の海軍狂をたえまなく示しておられたことは言うまでもありません。

『君、一寸、来たまえ』

　食卓で御主人は給仕長にそう、声をかけ、

『本船の旗を見るに、この船の船長は英国海軍士官だったとお祭しするが』

『そうです』

『かく言う私も日本帝国海軍士官であったと船長に伝えて頂きたい』

帝国海軍（インペリアルネイビイ）という言葉に特に力を入れ、御主人は嬉しげに鼻をピクピク動かしました。おわかりでしょ、その時の彼の表情が。

『そうですか、船長にそのことを早速、つたえます』

チップをもらいたいためか、給仕長は恭しく一礼をして去りました。と御主人は一人でうなずき一人で呟きました。

『これで、きっと船長から俺に茶か酒の招待があるにちがいない。そして船内をくまなく案内してくれるだろう』

『その時、ぼくはどうしよう』と私がたずねると、御主人はそっぽ向いて、

『お前なんか知らん。一人で船内でも歩いておれ』

吐きだすように言うのです。

一日たちました。二日たちました。しかし船長からはティー・タイムにもカクテル・タイムにも何の招きもない。船内を案内しましょうという誘いもない。可哀想なクワッ、クワッ先生は次第に憮然とした顔になってきました。私は可笑しくって仕方がない。

もうひとつ、可笑しかったことがありました。この船には十数人の日本人船客が団体で乗っていましたが、なかにもの静かな老人が一人まじっていました。その老人と真夜中、食堂で顔を合わせた（真夜中に船では軽食を出すのです）時、

『阿川先生は海軍におられたのですか』

と雑談中、ふとたずねました。

『ええ。大学在学中、学徒兵として入隊したようですよ』

『そうですか、この私も実は海軍にいました』

『失礼ですが、士官でいらっしゃいましたか』

　すると温厚なこの老人は一寸、照れたように微笑して、

『海軍少将でした』

　御主人はたしか海軍大尉だった筈ですね。少将と大尉とどちらが偉いか。それは会社で言えば重役と課長のちがいでしょう。

　私は欣喜雀躍、船室に走って帰りました。カジノから戻ったクワッ、クワッ先生は本を顔の上にのせて鼾をかいて眠ってござる。

『君、君』

『なんだ。うるさいな、騒々しい。猿みたいに走りまわるな』

『ぼくの名はエンドウですから言いかえれば猿同です。それより君にひとつニュースを聞かせたいね。この船中に日本人で海軍にいた人がおられる』

『ふん』と御主人はせせら笑って『どの人だ』

『御老人。その人は少将だったそうだ』

　その時の御主人の顔は何にたとえましょう。それは砂漠のすいかずら。狼狽、驚愕、怯え、そのひとつひとつが七面鳥のように次々と顔をかすめ、

『本当か。お前』

『本当です』

つめたくつめたく、私はうなずきました。そしてその翌日から御主人は二度と海軍のカの字も口に出さなくなったのです。

明朝、鹿児島に着きます。一週間、御主人と同室生活をやって、私は――奥さまに心からこう申しあげたい。奥さま、あの人と生活されて今日まで大変だったでしょう。御苦労さまでございます。わたしゃ、ほんとに、つかれましたよ……」

〔1980（昭和55）年3月『天使』初刊〕

P+D BOOKS ラインアップ

P+D BOOKS ラインアップ

草を褥に 小説 牧野富太郎	大原富枝	●植物学者牧野富太郎と妻寿衛子の足跡を描く
激流（上下巻）	高見 順	●時代の激流にあえて身を投じた兄弟を描く
貝がらと海の音	庄野潤三	●金婚式間近の老夫婦の穏やかな日々を描く
せきれい	庄野潤三	●〝夫婦の晩年シリーズ〟第三弾作品
庭のつるばら	庄野潤三	●当たり前にある日常の情景を丁寧に描く
早春	庄野潤三	●静かな筆致で描かれる筆者の「神戸物語」

（お断り）

本書は1982年に角川書店より発刊された文庫を底本としております。

あきらかに間違いと思われるものについては訂正いたしましたが、基本的には底本にしたがっております。また、一部の固有名詞や難読漢字には編集部で振り仮名を振っています。

本文中にはチョン、パンスケ、薄馬鹿、びっこ、外人、外娼、立ちん棒、ストリート・ガール、ひも、家政婦、トルコ、父兄、看護婦、附添婦、きちがい、聾唖、苦力などの言葉や人種・身分・職業・身体等に関する表現で、現在からみれば、不当、不適切と思われる箇所がありますが、著者に差別的意図のないこと、時代背景と作品価値とを鑑み、著者が故人でもあるため、原文のままにしております。

差別や侮蔑の助長、温存を意図するものでないことをご理解ください。

遠藤周作（えんどう しゅうさく）

1923(大正12)年3月27日―1996(平成8)年9月29日、享年73。東京都出身。1955年『白い人』で第33回芥川賞受賞。代表作に『海と毒薬』『沈黙』など。

P+D BOOKSとは

P+D BOOKS(ピー プラス ディー ブックス)とは
P+Dとはペーパーバックとデジタルの略称です。
後世に受け継がれるべき名作でありながら、現在入手困難となっている作品を、
B6判ペーパーバック書籍と電子書籍を、同時かつ同価格で発売・発信する、
小学館のまったく新しいスタイルのブックレーベルです。

天使

2023年10月17日　初版第1刷発行

著者　遠藤周作
発行人　石川和男
発行所　株式会社　小学館
〒101-8001
東京都千代田区一ツ橋2-3-1
電話　編集　03-3230-9355
販売　03-5281-3555
印刷所　大日本印刷株式会社
製本所　大日本印刷株式会社
装丁　おおうちおさむ　山田彩純
（ナノナノグラフィックス）

ISBN978-4-09-352473-5

P+D BOOKS